나와 나타샤와 흰 당나귀

나와 나타샤와 흰 당나귀

백석 시집

차례

제1부 나와 나타샤와 흰 당나귀 12

바다 14

내가 이렇게 외면하고 16

남신의주 유동 박시봉방 17

외갓집 20

넘언집 범 같은 노큰마니 22

통영 26

내가 생각하는 것은 29

북방에서 _정현웅에게 31

허준 34

고향 37

두보나 이백 같이 39

절망 42

귀농 43

조당에서 47

흰 바람벽이 있어 50

제2부　　　창원도 _남행시초 1　54

　　　　　　통영 _남행시초 2　55

　　　　　　고성가도 _남행시초 3　56

　　　　　　삼천포 _남행시초 4　57

　　　　　　북관 _함주시초 1　58

　　　　　　노루 _함주시초 2　59

　　　　　　고사 _함주시초 3　61

　　　　　　선우사 _함주시초 4　63

　　　　　　산곡 _함주시초 5　65

　　　　　　구장로 _서행시초 1　67

　　　　　　북신 _서행시초 2　69

　　　　　　팔원 _서행시초 3　70

　　　　　　월림장 _서행시초 4　72

제3부　　　모닥불　76

　　　　　　여우난골족　77

　　　　　　가즈랑집　80

　　　　　　주막　84

　　　　　　고야　85

　　　　　　오리 망아지 토끼　89

　　　　　　고방　91

적경 93

정주성 94

추일산조 95

산비 96

쓸쓸한 길 97

머루밤 98

초동일 99

하답 100

흰 밤 101

제4부 통영 104

절간의 소 이야기 105

비 106

노루 107

오금덩이라는 곳 108

미명계 110

성외 111

광원 112

여승 113

수라 115

가키사키의 바다 117

창의문외 118

정문촌 119

여우난골 120

삼방 121

청시 122

제5부

적막강산 124

산 126

석양 128

안동 130

추야일경 132

함남도안 133

삼호 _물닭의 소리 1 135

물계리 _물닭의 소리 2 136

대산동 _물닭의 소리 3 137

남향 _물닭의 소리 4 139

야우소회 _물닭의 소리 5 140

꼴두기 _물닭의 소리 6 141

가무래기의 락 143

멧새 소리 144

박각시 오는 저녁 145

산숙_산중음 1 146

향악_산중음 2 147

야반_산중음 3 148

백화_산중음 4 149

제6부   동뇨부 152

마을은 맨천 구신이 돼서 154

연자간 156

오리 158

개 161

수박씨, 호박씨 162

황일 164

탕약 166

이두국주가도 167

국수 168

촌에서 온 아이 171

목구 174

칠월 백중 176

부록　　　사진으로 보는 백석과 그의 지인들　180

　　　　　　백석을 찾아서 _정철훈　188

　　　　　　「나와 나타샤와 흰 당나귀」의 나타샤에게 _안도현　220

　　　　　　백석 연보　223

　　　　　　찾아보기　228

제1부

가난한 내가

아름다운 나타샤를 사랑해서

오늘밤은 푹푹 눈이 나린다

나와 나타샤와 흰 당나귀

가난한 내가
아름다운 나타샤를 사랑해서
오늘밤은 푹푹 눈이 나린다

나타샤를 사랑은 하고
눈은 푹푹 날리고
나는 혼자 쓸쓸히 앉어 소주燒酒를 마신다
소주燒酒를 마시며 생각한다
나타샤와 나는
눈이 푹푹 쌓이는 밤 흰 당나귀 타고
산골로 가자 출출이 우는 깊은 산골로 가 마가리에 살자

눈은 푹푹 나리고
나는 나타샤를 생각하고
나타샤가 아니 올 리 없다
언제 벌써 내 속에 고조곤히 와 이야기한다
산골로 가는 것은 세상한테 지는 것이 아니다
세상 같은 건 더러워 버리는 것이다

눈은 푹푹 나리고

아름다운 나타샤는 나를 사랑하고

어데서 흰 당나귀도 오늘밤이 좋아서 응앙응앙 울을 것이다

마가리 : 오막살이.
고조곤히 : 고요히. 소리없이.

바다

바닷가에 왔드니
바다와 같이 당신이 생각만 나는구려
바다와 같이 당신을 사랑하고만 싶구려

구붓하고 모래톱을 오르면
당신이 앞선 것만 같구려
당신이 뒤선 것만 같구려

그리고 지중지중 물가를 거닐면
당신이 이야기를 하는 것만 같구려
당신이 이야기를 끊은 것만 같구려

바닷가는
개지꽃에 개지 아니 나오고
고기비눌에 하이얀 햇볕만 쇠리쇠리하야
어쩐지 쓸쓸만 하구려 섧기만 하구려

구붓하고 : 몸이 구부정한.
모래톱 : 넓은 모래 벌판. 모래사장.
지중지중 : 아주 천천히 걸으면서 생각에 잠기는 모습. 의태어.
개지꽃 : 나팔꽃.
쇠리쇠리하야 : 눈이 부셔. 눈이 시려.

내가 이렇게 외면하고

내가 이렇게 외면하고 거리를 걸어가는 것은 잠풍 날씨가 너무나 좋은 탓이고

가난한 동무가 새 구두를 신고 지나간 탓이고 언제나 꼭 같은 넥타이를 매고 고운 사람을 사랑하는 탓이다

내가 이렇게 외면하고 거리를 걸어가는 것은 또 내 많지 못한 월급이 얼마나 고마운 탓이고

이렇게 젊은 나이로 코밑수염도 길러보는 탓이고 그리고 어느 가난한 집 부엌으로 달재 생선을 진장에 꼿꼿이 지진 것은 맛도 있다는 말이 자꾸 들려오는 탓이다

잠풍 : 잔잔하게 부는 바람.
달재 : 달쩨. 달강어達江魚. 쑥지과에 속하는 바닷물고기. 길이 30cm 가량으로 가늘고 길며, 머리가 모나고 가시가 많음.
진장陳醬 : 진간장. 오래 묵어서 진하게 된 간장.

남신의주南新義州 유동柳洞 박시봉방朴時逢方

어느 사이에 나는 아내도 없고, 또,
아내와 같이 살던 집도 없어지고,
그리고 살뜰한 부모며 동생들과도 멀리 떨어져서,
그 어느 바람 세인 쓸쓸한 거리 끝에 헤매이었다.
바로 날도 저물어서
바람은 더욱 세게 불고, 추위는 점점 더해 오는데,
나는 어느 목수木手네 집 헌 삿을 깐,
한 방에 들어서 쥔을 붙이었다.
이리하여 나는 이 습내 나는 춥고, 누긋한 방에서,
낮이나 밤이나 나는 나 혼자도 너무 많은 것 같이 생각하며,
딜옹배기에 북덕불이라도 담겨 오면,
이것을 안고 손을 쬐며 재 위에 뜻 없이 글자를 쓰기도 하며,
또 문 밖에 나가지두 않고 자리에 누워서,
머리에 손깍지베개를 하고 굴기도 하면서,
나는 내 슬픔이며 어리석음이며를 소처럼 연하여 쌔김질하는 것이었다.
내 가슴이 꽉 메어 올 적이며,
내 눈에 뜨거운 것이 핑 괴일 적이며,

또 내 스스로 화끈 낯이 붉도록 부끄러울 적이며,

나는 내 슬픔과 어리석음에 눌리어 죽을 수밖에 없는 것을 느끼는 것이었다.

그러나 잠시 뒤에 나는 고개를 들어,

허연 문창을 바라보는가 또 눈을 떠서 높은 천장을 쳐다보는 것인데,

이때 나는 내 뜻이며 힘으로, 나를 이끌어 가는 것이 힘든 일인 것을 생각하고,

이것들보다 더 크고, 높은 것이 있어서, 나를 마음대로 굴려 가는 것을 생각하는 것인데,

이렇게 하여 여러 날이 지나는 동안에,

내 어지러운 마음에는 슬픔이며, 한탄이며, 가라앉을 것은 차츰 앙금이 되어 가라앉고,

외로운 생각만이 드는 때쯤 해서는,

더러 나줏손에 쌀랑쌀랑 싸락눈이 와서 문창을 치기도 하는 때도 있는데,

나는 이런 저녁에는 화로를 더욱 다가 끼며, 무릎을 꿇어 보며,

어니 먼 산 뒷옆에 바우섶에 따로 외로이 서서
어두어 오는데 하이야니 눈을 맞을, 그 마른 잎새에는
쌀랑쌀랑 소리도 나며 눈을 맞을,
그 드물다는 굳고 정한 갈매나무라는 나무를 생각하는 것
이었다.

삿 : 갈대를 엮어서 만든 자리.
귄을 붙이었다 : 주인집에 세 들었다.
딜옹배기 : 아주 작은 자배기.
북덕불 : 짚북더기를 태운 불.
굴기도 하면서 · 구르기도 하면서
나줏손 : 저녁 무렵.
바우섶 : 바위 옆.
갈매나무 : 키가 2m쯤 자라는 낙엽 활엽 교목.

외갓집

 내가 언제나 무서운 외갓집은

 초저녁이면 안팎마당이 그득하니 하이얀 나비수염을 물은 보득지근한 북쪽제비들이 씨굴씨굴 모여서는 쨩쨩쨩쨩 쇳스럽게 울어대고

 밤이면 무엇이 기와골에 무리돌을 던지고 뒤우란 배나무에 쩨듯하니 줄등을 헤여달고 부뚜막의 큰솥 적은솥을 모조리 뽑아놓고 재통에 간 사람의 목덜미를 그냥그냥 나려 눌러선 잿다리 아래로 처박고

 그리고 새벽녘이면 고방 시렁에 채국채국 얹어둔 모랭이 목판 시루며 함지가 땅바닥에 넘너른히 널리는 집이다.

보드지근한 : 보드랍고 매끄러운. 평안 방언.
씨굴씨굴 : 수두룩하게 많이 들끓어 시끄럽고 수선스런 모양.
쬣스럽게 : 카랑카랑하게.
기와골 : 기와집 지붕 위의 수키와와 수키와 사이.
무리돌 : 많은 돌. 길바닥에 널린 잔돌.
뒤우란 : 뒷마당 울타리 안쪽.
쩨듯하니 : 환하게.
재통 : 측간. 변소.
잿다리 : 재래식 변소에 걸치놓은 두 개의 나무.
시렁 : 물건을 얹어 두기 위하여 방이나 마루의 벽에 건너질러 놓은 두 개의 시렁 기래.
모랭이 : 함지 모양의 작은 목기.
넘너른히 : 이리저리 제각기 흩어 널브러뜨려 놓은 모습.

넘언집 범 같은 노큰마니

 황토 마루 수무나무에 얼럭궁 덜럭궁 색동헝겊 뜯개조박 뵈짜배기 걸리고 오쟁이 끼애리 달리고 소삼은 엄신 같은 딥세기도 열린 국수당고개를 몇 번이고 튀튀 춤을 뱉고 넘어가면 골안에 아늑히 묵은 영동이 무겁기도 할 집이 한 채 안기었는데

 집에는 언제나 센개 같은 게사니가 벅작궁 고아내고 말 같은 개들이 떠들썩 짖어대고 그리고 소거름 내음새 구수한 속에 엇송아지 히물쩍 너들씨는데

 집에는 아배에 삼춘에 오마니에 오마니가 있어서 젖먹이를 마을 청눙 그늘 밑에 삿갓을 씌워 한종일내 뉘어두고 김을 매려 다녔고 아이들이 큰마누래에 작은마누래에 제구실을 할 때면 종아지물본도 모르고 행길에 아이 송장이 거적 뙈기에 말려나가면 속으로 얼마나 부러워 하였고 그리고 끼때에는 부뚜막에 바가지를 아이덜 수대로 주룬히 늘어놓고 밥 한덩이 질게 한술 들여틀여서는 먹었다는 소리를 언제나 두고두고 하는데

일가들이 모두 범같이 무서워하는 이 노큰마니는 구덕살이같이 욱실욱실하는 손자 증손자를 방구석에 들매나무 회채리를 단으로 쩌다 두고 때리고 싸리갱이에 갓신창을 매여놓고 때리는데

내가 엄매 등에 업혀가서 상사말같이 항약에 야기를 쓰면 한창 피는 함박꽃을 밑가지채 꺾어주고 종대에 달린 제물배도 가지채 쩌주고 그리고 그 애끼는 게사니 알도 두 손에 쥐어주곤 하는데

우리 엄매가 나를 가지는 때 이 노큰마니는 어느 밤 크나큰 범이 한 마리 우리 선산으로 들어오는 꿈을 꾼 것을 우리 엄매가 서울서 시집을 온 것을 그리고 무엇보다도 내가 이 노큰마니의 당조카의 맏손자로 난 것을 다견하니 알뜰하니 기꺼히 여기는 것이었다

넘언집 : 산 너머, 고개 너머의 집을 의미.
노큰마니 : 노(老)할머니.
수무나무 : 누릅나무과에 속하는 활엽수.
뜯개조박 : 뜯어진 헝겊조각.
뵈짜배기 : 베쪼가리. 천조각.
오쟁이 : 짚으로 작게 엮어 만든 섬.
끼애리 : 짚으로 길게 묶어 동인 것. 꾸러미.
소삼은 : 소疏삼은. 성글게 엮거나 짠.
엄신 : 엄짚신. 상제가 초상 때부터 졸곡卒哭 때까지 신는 짚신.
딥세기 : 짚신.
국수당 : 마을의 본향 당신(부락 수호신)을 모신 집. 서낭당.
영동楹棟 : 기둥과 서까래.
셴개 : 털빛이 흰 개.
게사니 : 거위.
벅작궁 : 법석대는 모양.
고아내고 : 떠들어대고.
너들씨는데 : 한가하게 천천히 왔다갔다하며 맴도는 것을 나타냄.
청눙 : 마을 입구의 그늘진 곳. 또는 야산 끄트머리 그늘진 곳.

큰마누래 : 큰마마. 손님마마. 천연두.
작은마누래 : 작은마마. 수두手痘 또는 홍역.
종아지물본 : 종아지는 홍역을 일으키는 귀신이고, 물본物本은 근본 이치, 까닭이 므로 '홍역으로 죽어 나가는 까닭도 모르고'로 해석하여야 함.
주문히 : 주렁주렁. 어떤 물건이 줄지어 즐비하게.
질게 : 반찬.
구덕살이 : 구더기.
욱실욱실 : 득시글득시글. 많은 사람이 떼를 지어 들끓는 모습.
들매나무 : 산딸나무. 층층나무과에 속하는 낙엽 활엽 교목. 정원수로 심고 열매는 식용으로 쓰임.
상사말 : 야생마. 거친 말.
항약 : 악을 쓰며 대드는 것.
야기 : 어린아이들이 억지를 쓰고 마구 떼쓰는 짓.
종대 : 꽃이나 나무의 한가운데서 올라오는 줄기.
제물배 : 제물祭物로 쓰는 배.
게사니 : 거위.

통영統營

구마산舊馬山의 선창에선 좋아하는 사람이 울며 나리는
배에 올라서 오는 물길이 반날
갓 나는 고당은 갓갓기도 하다

바람맛도 짭짤한 물맛도 짭짤한

전북에 해삼에 도미 가재미의 생선이 좋고
파래에 아개미에 호루기의 젓갈이 좋고

새벽녘의 거리엔 쾅쾅 북이 울고
밤새껏 바다에선 뿡뿡 배가 울고

자다가도 일어나 바다로 가고 싶은 곳이다

집집이 아이만한 피도 안 간 대구를 말리는 곳
황화장사 영감이 일본말을 잘도 하는 곳
처녀들은 모두 어장주漁場主한테 시집을 가고 싶어한다
는 곳

산 너머로 가는 길 돌각담에 갸웃하는 처녀는 금錦이라는 이 같고

　내가 들은 마산馬山 객주客主집의 어린 딸은 난蘭이라는 이 같고

　난蘭이라는 이는 명정明井골에 산다든데

　명정明井골은 산을 넘어 동백冬柏나무 푸르른 감로甘露 같은 물이 솟는 명정明井 샘이 있는 마을인데

　샘터엔 오구작작 물을 긷는 처녀며 새악시들 가운데 내가 좋아하는 그이가 있을 것만 같고

　내가 좋아하는 그이는 푸른 가지 붉게붉게 동백꽃 피는 철엔 타관 시집을 갈 것만 같은데

　긴 토시 끼고 큰머리 얹고 오불고불 넘엣거리로 가는 여인은 평안도平安道서 오신 듯한데 동백冬柏꽃 피는 철이 그 언제요

　옛 장수 모신 낡은 사당의 돌층계에 주저앉아서 나는 이 저녁 울 듯 울 듯 한산도閑山島 바다에 뱃사공이 되어가며

녕 낮은 집 담 낮은 집 마당만 높은 집에서 열나흘 달을 업고 손방아만 찧는 내 사람을 생각한다

고당 : 고장.
갓갓기도 : 가깝기도.
아개미 : 아가미.
호루기 : 쭈꾸미와 비슷하게 생긴 해산물.
황화장사 : 온갖 잡살뱅이 물건을 지고 집집마다 찾아다니며 파는 사람.
오구작작 : 여러 사람이 뒤섞여 떠드는 수선스런 모양.

내가 생각하는 것은

밖은 봄철날 따디기의 누긋하니 푹석한 밤이다
거리에는 사람두 많이 나서 흥성흥성 할 것이다
어쩐지 이 사람들과 친하니 싸다니고 싶은 밤이다

그렇건만 나는 하이얀 자리 위에서 마른 팔뚝의
샛파란 핏대를 바라보며 나는 가난한 아버지를 가진 것과
내가 오래 그려오든 처녀가 시집을 간 것과
그렇게도 살틀하든 동무가 나를 버린 일을 생각한다

또 내가 아는 그 몸이 성하고 돈도 있는 사람들이
즐거이 술을 먹으려 다닐 것과
내 손에는 신간서新刊書 하나도 없는 것과
그리고 그 '아서라 세상사世上事'라도 들을
유성기도 없는 것을 생각한다

그리고 이러한 생각이 내 눈가를 내 가슴가를 뜨겁게 하는 것도 생각한다

따디기 : 한낮의 뜨거운 햇빛 아래 흙이 풀려 푸석푸석한 저녁 무렵.
누굿하니 : 여유 있는.
살틀하든 : 너무나 다정스러우며 허물없이 위해주고 보살펴 주던.

북방北方에서

_정현웅鄭玄雄에게

아득한 옛날에 나는 떠났다

부여扶餘를 숙신肅愼을 발해渤海를 여진女眞을 요遼를 금金을

흥안령興安嶺을 음산陰山을 아무우르를 숭가리를

범과 사슴과 너구리를 배반하고

송어와 메기와 개구리를 속이고 나는 떠났다

나는 그때

자작나무와 이깔나무의 슬퍼하든 것을 기억한다

갈대와 장풍의 붙드든 말도 잊지 않았다

오로촌이 멧돌을 잡어 나를 잔치해 보내든 것도

쏠론이 십리길을 따라나와 울든 것도 잊지 않았다

나는 그때

아무 이기지 못할 슬픔도 시름도 없이

다만 게을리 먼 앞대로 떠나 나왔다

그리하여 따사한 햇귀에서 하이얀 옷을 입고 매끄러운 밥을 먹고 단샘을 마시고 낮잠을 잤다

밤에는 먼 개소리에 놀라나고
아침에는 지나가는 사람마다에게 절을 하면서도
나는 나의 부끄러움을 알지 못했다

그동안 돌비는 깨어지고 많은 은금보화는 땅에 묻히고 가마귀도 긴 족보를 이루었는데
이리하야 또 한 아득한 새 옛날이 비롯하는 때
이제는 참으로 이기지 못할 슬픔과 시름에 쫓겨
나는 나의 옛 한울로 땅으로 — 나의 태반胎盤으로 돌아왔으나

이미 해는 늙고 달은 파리하고 바람은 미치고 보래구름만 혼자 넋없이 떠도는데

아, 나의 조상은 형제는 일가친척은 정다운 이웃은 그리운 것은 사랑하는 것은 우러르는 것은 나의 자랑은 나의 힘은 없다 바람과 물과 세월과 같이 지나가고 없다

흥안령興安嶺 : 중국 동북지방의 대흥안령과 소흥안령을 아울러 일컬음. 서쪽을 북동 방향으로 달리는 연장 120km의 대흥안령 산계와 북부에서 남동 방향으로 옮겨 흑룡강을 따라 달리는 연장 400km의 소흥안령 산계로 나뉨.

음산 : 중국 몽골고원 남쪽에 뻗어 있는 산맥.

아무우르Amur : 흑룡강 주변의 지역.

숭가리Sungari : 송화강. 중국 만주에 있는 큰 강. 백두산 천지에서 발원하여 북으로 흘러 눈강嫩江과 합류하여 흑룡강으로 빠짐.

장풍 : 창포. 뿌리는 한약으로 쓰임.

오로촌 : 만주의 유목민족. 매우 예절 바른 부족으로 한국인과 유사함.

멧돌 : 멧돼지.

쏠론Solon : 님빙 퉁구스족의 일파. 아무르강의 남방에 분포함. 색륜索倫.

돌비 : 돌로 된 비석.

미치고 : 몹시 불고.

보래구름 : 많이 흩어져 날리고 있는 작은 구름덩이.

허준許俊

그 맑고 거룩한 눈물의 나라에서 온 사람이여
그 따사하고 살틀한 볕살의 나라에서 온 사람이여

눈물의 또 볕살의 나라에서 당신은
이 세상에 나들이를 온 것이다
쓸쓸한 나들이를 단기려 온 것이다

눈물의 또 볕살의 나라 사람이여
당신이 그 긴 허리를 굽히고 뒷짐을 지고 지치운 다리로
싸움과 흥정으로 왁자지껄하는 거리를 지날 때든가
추운 겨울밤 병들어 누운 가난한 동무의 머리맡에 앉어
말없이 무릎 위 어린 고양이의 등만 쓰다듬는 때든가
당신의 그 고요한 가슴 안에 온순한 눈가에
당신네 나라의 맑은 하늘이 떠오를 것이고
당신의 그 푸른 이마에 삐여진 어깻쭉지에
당신네 나라의 따사한 바람결이 스치고 갈 것이다

높은 산도 높은 꼭다기에 있는 듯한

아니면 깊은 물도 깊은 밑바닥에 있는 듯한 당신네 나라의 하늘은 얼마나 맑고 높을 것인가
바람은 얼마나 따사하고 향기로울 것인가
그리고 이 하늘 아래 바람결 속에 퍼진
그 풍속은 인정은 그리고 그 말은 얼마나 좋고 아름다울 것인가

다만 한 사람 목이 긴 시인詩人은 안다
'도스토이엡흐스키'며 '죠이쓰'며 누구보다도 잘 알고 일등가는 소설도 쓰지만
아무것도 모르는 듯이 어드근한 방안에 굴어 게으르는 것을 좋아하는 그 풍속을
사랑하는 어린것에게 엿 한가락을 아끼고 위하는 아내에겐 해진 옷을 입히면서도
마음이 가난한 낯설은 사람에게 수백냥 돈을 거저 주는 그 인정을 그리고 또 그 말을
사람은 모든 것을 다 잃어버리고 넋 하나를 얻는다는 크나큰 그 말을

그 멀은 눈물의 또 볕살의 나라에서

이 세상에 나들이를 온 사람이여

이 목이 긴 시인이 또 게사니처럼 떠든다고

당신은 쓸쓸히 웃으며 바둑판을 당기는구려

허준 : 1910. 2. 27~? 조선일보 기자와 만주 신경생활을 거쳐 북한에서 김일성대학 영문학과 교수를 역임. 심리적이고 의식적인 소설의 제1인자로 내면의 묘사를 솔직하고 사실적으로 하여 일경지를 이룬 작가.
게사니 : 거위.

고향故鄉

나는 북관北關에 혼자 앓어 누워서
어느 아츰 의원醫員을 뵈이었다
의원醫員은 여래如來 같은 상을 하고 관공關公의 수염을 드리워서
먼 옛적 어느 나라 신선 같은데
새끼손톱 길게 돋은 손을 내어
묵묵하니 한참 맥을 집더니
문득 물어 고향이 어데냐 한다
평안도 정주定州라는 곳이라 한즉
그러면 아무개씨氏 고향이란다
그러면 아무개씰 아느냐 한즉
의원은 빙긋이 웃음을 띠고
막역지간莫逆之間이라며 수염을 쓴다
나는 아버지로 섬기는 이라 한즉
의원은 또 다시 넌즈시 웃고
말없이 팔을 잡어 맥을 보는데
손길은 따스하고 부드러워
고향도 아버지도 아버지의 친구도 다 있었다

관공關公 : 중국 삼국시대 촉한蜀漢의 무장武將. 자는 운장雲長. 하동 사람. 장비
와 함께 유비와 형제를 맺고 유비를 도와 정공치적이 현저하였음.

두보杜甫나 이백李白같이

　오늘은 정월正月 보름이다
　대보름 명절인데
　나는 멀리 고향을 나서 남의 나라 쓸쓸한 객고에 있는 신세로다
　옛날 두보나 이백 같은 이 나라의 시인도
　먼 타관에 나서 이 날을 맞은 일이 있었을 것이다
　오늘 고향의 내 집에 있다면
　새 옷을 입고 새 신도 신고 떡과 고기도 억병 먹고
　일가친척들과 서로 모여 즐거이 웃음으로 지날 것이연만
　나는 오늘 때묻은 입든 옷에 마른 물고기 한 토막으로
　혼자 외로이 앉아 이것저것 쓸쓸한 생각을 하는 것이다
　옛날 그 두보나 이백 같은 이 나라의 시인도
　이날 이렇게 마른 물고기 한 토막으로 외로이 쓸쓸한 생각을 한 적도 있었을 것이다
　나는 이제 어느 먼 외진 거리에 한고향 사람의 조그마한 가업집이 있는 것을 생각하고
　이 집에 가서 그 맛스러운 떡국이라도 한 그릇 사먹으리라 한다

우리네 조상들이 먼먼 옛날로부터 대대로 이 날엔 으레히 그러하며 오듯이
 먼 타관에 난 그 두보나 이백 같은 이 나라의 시인도
 이 날은 그 어느 한고향 사람의 주막이나 반관飯館을 찾어가서
 그 조상들이 대대로 하든 본대로 원소元宵라는 떡을 입에 대며
 스스로 마음을 느꾸어 위안하지 않았을 것인가
 그러면서 이 마음이 맑은 옛 시인들은
 먼 훗날 그들의 먼 훗자손들도
 그들의 본을 따서 이날에는 원소를 먹을 것을
 외로이 타관에 나서도 이 원소를 먹을 것을 생각하며
 그들이 아득하니 슬펐을 듯이
 나도 떡국을 놓고 아득하니 슬플 것이로다
 아, 이 정월正月 대보름 명절인데
 거리에는 오독독이 탕탕 터지고 호궁胡弓소리 뺄뺄 높아서
 내 쓸쓸한 마음엔 자꾸 이 나라의 옛 시인들이 그들의 쓸

쓸한 마음들이 생각난다

　내 쓸쓸한 마음은 아마 두보杜甫나 이백李白 같은 사람들의 마음인지도 모를 것이다

　아무려나 이것은 옛투의 쓸쓸한 마음이다

객고 : 객지에서 당하는 고생.
억병 : 술을 매우 많이 마시는 모양.
맛스러운 : 맛이 없는.
반관飯館 : 음식점.
원소 : 원소절에 먹는 떡.
느꾸어 : 느꺼워. 그 무엇에 대한 느낌이 가슴에 사무쳐서 마음에 겨운.
오독독 : 화약을 재어 점화하면 터지는 소리를 자꾸 내면서 불꽃과 함께 떨어지게
　만든 것.
호궁胡弓 : 중국 전통 현악기의 한 가지. 모양은 바이올린과 비슷하며, 대나무로
　만들어 뱀껍질을 입혔음.

절망絶望

북관北關에 계집은 튼튼하다
북관北關에 계집은 아름답다
아름답고 튼튼한 계집은 있어서
흰 저고리에 붉은 길동을 달어
검정치마에 받처입은 것은
나의 꼭 하나 즐거운 꿈이였드니
어늬 아침 계집은
머리에 무거운 동이를 이고
손에 어린것의 손을 끌고
가펴러운 언덕길을
숨이 차서 올라갔다
나는 한종일 서러웠다

길동 : 저고리의 깃동.
가펴러운 : 가파른.

귀농歸農

백구둔白狗屯의 눈 녹이는 밭 가운데 땅 풀리는 밭 가운데
춘부자 노왕老王하고 같이 서서
밭최뚝에 즘부러진 땅버들의 버들개지 피여나는 데서
볕은 장글장글 따사롭고 바람은 솔솔 보드라운데
나는 땅임자 노왕老王한테 석상디기 밭을 얻는다

노왕老王은 집에 말과 나귀며 오리에 닭도 우울거리고
고방엔 그득히 감자에 콩곡석도 들여 쌓이고
노왕老王은 채매도 힘이 들고 하루종일 백령조百鈴鳥 소리나 들으려고
밭을 오늘 나한테 주는 것이고
나는 이젠 귀치 않은 측량測量도 문서文書도 싫증이 나고
낮에는 마음놓고 낮잠도 한잠 자고 싶어서
아전노릇을 그만두고 밭을 노왕老王한테 얻는 것이다

날은 챙챙 좋기도 좋은데
눈도 녹으며 술렁거리고 버들도 잎트며 수선거리고
저 한쪽 마을에는 마돝에 닭, 개, 즘생도 들떠들고

또 아이어른 행길에 뜨락에 사람도 웅성웅성 흥성거려
나는 가슴이 이 무슨 흥에 벅차오며
이 봄에는 이 밭에 감자 강냉이 수박에 오이며 당콩에 마늘과 파도 심으리라 생각한다

수박이 열면 수박을 먹으며 팔며
감자가 앉으면 감자를 먹으며 팔며
까막까치나 두더지 돝벌기가 와서 먹으면 먹는 대로 두어두고
도적이 조금 걷어가도 걷어가는 대로 두어두고
아, 노왕老王, 나는 이렇게 생각하노라
나는 노왕老王을 보고 웃어 말한다

이리하여 노왕老王은 밭을 주어 마음이 한가하고
나는 밭을 얻어 마음이 편안하고
디퍽디퍽 눈을 밟으며 터벅터벅 흙도 덮으며
사물사물 햇볕은 목덜미에 간지로워서
노왕老王은 팔장을 끼고 이랑을 걸어

나는 뒷짐을 지고 고랑을 걸어

밭을 나와 밭뚝을 돌아 도랑을 건너 행길을 돌아

지붕에 바람벽에 울파주에 볕살 쇠리쇠리한 마을 가리키며

노왕老王은 나귀를 타고 앞에 가고

나는 노새를 타고 뒤에 따르고

마을끝 충왕묘蟲王廟에 충왕蟲王을 찾어뵈러 가는 길이다

토신묘土神廟에 토신土神도 찾어뵈러 가는 길이다

백구둔 : 중국 만주 지역의 어느 농촌 마을 이름.
노왕老王 : 라오왕. 왕씨. '노'는 중국어에서 사람의 성씨 앞에 붙여 친밀한 뜻을 나타내는 말.
밭쳐둑 : 밭두둑.
석상디기 : 석섬지기.
채매 : 채마밭.
백령조百鈴鳥 : 백령조白翎鳥. 몽고종다리. 참새보다 크고 다갈색 깃털에 반점이 있음. 아주 높이 날며 갖가지 해충을 잡아먹어 농사에 이로운 새.
아전衙前 : 지방관청의 속료. 서리胥吏. 소리小吏. 하리下吏.
마돝 : 말과 돼지.
돝벌기 : 돼지벌레. 잎벌레. 과수의 잎이나 배추, 무 따위의 잎을 갉아먹는 해로운 벌레임.
이랑 : 갈아 놓은 밭의 한 두둑과 고랑을 아울러 이르는 말.
고랑 : 밭이나 논의 두둑 사이 낮은 곳.
울파주 : 대, 수수깡, 갈대, 싸리 등을 엮어 세워 놓은 울타리.
토신묘 : 흙을 맡아 다스린다는 토신을 모신 당집.

조당藻塘에서

 나는 지나支那나라 사람들과 같이 목욕을 한다
 무슨 은殷이며 상商이며 월越이며 하는 나라 사람들의 후손들과 같이
 한 물통 안에 들어 목욕을 한다
 서로 나라가 다른 사람인데
 다들 쪽 발가벗고 같이 물에 몸을 녹히고 있는 것은
 대대로 조상도 서로 모르고 말도 제가끔 틀리고 먹고 입는 것도 모두 다른데
 이렇게 발가들 벗고 한 물에 몸을 씻는 것은
 생각하면 쓸쓸한 일이다
 이 딴 나라 사람들이 모두 이마들이 번번하니 넓고 눈은 컴컴하니 흐리고
 그리고 길줏한 다리에 모두 민숭민숭하니 다리털이 없는 것이
 이것이 나는 왜 자꾸 슬퍼지는 것일까
 그런데 저기 나무판장에 반쯤 나가 누워서
 나주볕을 한없이 바라보며 혼자 무엇을 즐기는 듯한 목이 긴 사람은

도연명陶淵明은 저러한 사람이었을 것이고

또 여기 더운 물에 뛰어들며

무슨 물새처럼 악악 소리를 지르는 뻬뻬 파리한 사람은

양자楊子라는 사람은 아무래도 이와 같았을 것만 같다

나는 시방 옛날 진晉이라는 나라나 위衛라는 나라에 와서

내가 좋아하는 사람들을 만나는 것만 같다

이리하야 어쩐지 내 마음은 갑자기 반가워지나

그러나 나는 조금 무서웁고 외로워진다

그런데 참으로 그 은殷이며 상商이며 월越이며 위衛며 진晉이며 하는 나라 사람들의 이 후손들은

얼마나 마음이 한가하고 게으른가

더운 물에 몸을 불키거나 때를 밀거나 하는 것도 잊어버리고

제 배꼽을 들여다보거나 남의 낯을 쳐다보거나 하는 것인데

이러면서 그 무슨 제비의 침이라는 연소탕燕巢湯이 맛도 있는 것과

또 어느 바루 새악씨가 곱기도 한 것 같은 것을 생각하는 것일 것인데

나는 이렇게 한가하고 게으르고 그러면서 목숨이라든가
인생이라든가 하는 것을 정말 사랑할 줄 아는
 그 오래고 깊은 마음들이 참으로 좋고 우러러진다
 그러나 나라가 서로 다른 사람들이
 글쎄 어린 아이들도 아닌데 쪽 발가벗고 있는 것은
 어쩐지 조금 우수웁기도 하다

나주볕 : 저녁 햇빛.
바루 : 쯤(장소의 대략 위치). 곧.

흰 바람벽이 있어

오늘 저녁 이 좁다란 방의 흰 바람벽에
어쩐지 쓸쓸한 것만이 오고 간다
이 흰 바람벽에
희미한 십오촉十五燭 전등이 지치운 불빛을 내어던지고
때글은 다 낡은 무명샷쯔가 어두운 그림자를 쉬이고
그리고 또 달디단 따끈한 감주나 한잔 먹고 싶다고 생각하는 내 가지가지 외로운 생각이 헤매인다
그런데 이것은 또 어인 일인가
이 흰 바람벽에
내 가난한 늙은 어머니가 있다
내 가난한 늙은 어머니가
이렇게 시퍼러둥둥하니 추운 날인데 차디찬 물에 손은 담그고 무이며 배추를 씻고 있다
또 내 사랑하는 사람이 있다
내 사랑하는 어여쁜 사람이
어느 먼 앞대 조용한 개포가의 나즈막한 집에서
그의 지아비와 마주 앉어 대구국을 끓여놓고 저녁을 먹는다

벌써 어린것도 생겨서 옆에 끼고 저녁을 먹는다
그런데 또 이즈막하야 어느 사이엔가
이 흰 바람벽엔
내 쓸쓸한 얼굴을 처다보며
이러한 글자들이 지나간다
　　─나는 이 세상에서 가난하고 외롭고 높고 쓸쓸하니 살어가도록 태어났다
　　　그리고 이 세상을 살아가는데
　　　내 가슴은 너무도 많이 뜨거운 것으로 호젓한 것으로 사랑으로 슬픔으로 가득찬다
그리고 이번에는 나를 위로하는 듯이 나를 울력하는 듯이
눈질을 하며 주먹질을 하며 이런 글자들이 지나간다
　　─하늘이 이 세상을 내일 적에 그가 가장 귀해하고 사랑하는 것들은 모두
　　　가난하고 외롭고 높고 쓸쓸하니 그리고 언제나 넘치는 사랑과 슬픔 속에 살도록 만드신 것이다
　　　초생달과 바구지꽃과 짝새와 당나귀가 그러하듯이
　　　그리고 또 '프랑시쓰 쨈'과 '도연명陶淵明'과 '라이넬 마

리아 릴케'가 그러하듯이

바람벽 : 집안의 안벽.
때글은 : 오래도록 땀과 때에 전.
쉬이고 : 잠시 머무르게 하고, 쉬게 하고.
앞대 : 평안도를 벗어난 남쪽지방. 멀리 해변가.
개포 : 강이나 내에 바닷물이 드나드는 곳.
이즈막하야 : 시간이 그리 많이 흐르지 않은. 이슥한 시간이 되어서.

제2부

나는 이렇게 한가하고

게으르고 그러면서

목숨이라든가

인생이라든가 하는 것을

정말 사랑할 줄 아는

그 오래고 깊은 마음들이

참으로 좋고 우러진다

창원도 昌原道
_남행시초南行詩抄 1

솔포기에 숨었다
토끼나 꿩을 놀래주고 싶은 산허리의 길은

엎데서 따스하니 손 녹히고 싶은 길이다

개 데리고 호이호이 휘파람 불며
시름 놓고 가고 싶은 길이다

괴나리봇짐 벗고 땃불 놓고 앉어
담배 한대 피우고 싶은 길이다

승냥이 줄레줄레 달고 가며
덕신덕신 이야기하고 싶은 길이다

더꺼머리 총각은 정든 님 업고 오고 싶은 길이다

땃불 : 땅불. 화톳불.

통영統營
_남행시초 2

통영統營장 낫대들었다

 갓 한 닢 쓰고 건시 한 접 사고 홍공단 댕기 한 감 끊고 술 한 병 받어들고

 화륜선 만저보려 선창 갔다

 오다 가수내 들어가는 주막 앞에
 문둥이 품바타령 듣다가

 열이레 달이 올라서
 나룻배 타고 판데목 지나간다 간다

(서병직씨에게)

낫대들었다 : 낮에 들었다. 낮 때가 되어 장에 들어갔다.
홍공단 댕기 : 붉은 공단천으로 만든 댕기.
화륜선 : 이선에 기선汽船을 이르던 말.
가수내 : 가시내. 여자아이.
판데목 : 통영의 앞바다에 있는 수로 이름으로 1932년 해저터널이 완성된 곳이다. 판데다리라고도 하며 옛날에는 달고보리라고 했음.

고성가도固城街道
_남행시초 3

고성固城장 가는 길
해는 둥둥 높고

개 하나 얼린하지 않는 마을은
해밝은 마당귀에 맷방석 하나
빨갛고 노랗고
눈이 시울은 곱기도 한 건반밥
아 진달래 개나리 한참 피었구나

가까이 잔치가 있어서
곱디고은 건반밥을 말리우는 마을은
얼마나 즐거운 마을인가

어쩐지 당홍치마 노란저고리 입은 새악시들이
웃고 살을 것만 같은 마을이다

얼린하지 않는 : 얼씬도 하지 않는. 한 마리도 나타나지 않는.
시울은 : 환하게 눈이 부신.
건반밥 : 잔치 때 쓰는 약밥.

삼천포 三千浦
_남행시초 4

졸레졸레 도야지새끼들이 간다
귀밑이 재릿재릿하니 볕이 담복 따사로운 거리다

잿더미에 까치 오르고 아이 오르고 아지랑이 오르고

해바라기 하기 좋을 볏곡간 마당에
볏짚같이 누우란 사람들이 둘러서서
어느 눈 오신 날 눈을 츠고 생긴 듯한 말다툼 소리도 누우라니

소는 기르매 지고 조은다

아 모도들 따사로히 가난하니

츠고 : 치고.
기르매 : 길마. 짐을 실으려고 소의 등에 얹는 안장.

북관北關
_함주시초咸州詩抄 1

명태明太 창난젓에 고추무거리에 막칼질한 무이를 비벼 익힌 것을
　이 투박한 북관北關을 한없이 끼밀고 있노라면
　쓸쓸하니 무릎은 꿇어진다

시큼한 배척한 퀴퀴한 이 내음새 속에
나는 가느슥히 여진女眞의 살내음새를 맡는다

얼근한 비릿한 구릿한 이 맛 속에선
까마득히 신라新羅 백성의 향수鄕愁도 맛본다

끼밀고 : 어떤 물건을 끼고 앉아 자세히 보며 느끼고 있노라면.
배척한 : 조금 비린 맛이나 냄새가 나는 듯한.
가느슥히 : 가느스름하게. 희미하게.

노루
_함주시초 2

장진長津 땅이 지붕넘에 넘석하는 거리다
자구나무 같은 것도 있다
기장감주에 기장차떡이 흔한데다
이 거리에 산골사람이 노루새끼를 다리고 왔다
산골사람은 막베등거리 막베잠방등에를 입고
노루새끼를 닮었다
노루새끼 등을 쓸며
터 앞에 당콩순을 다 먹었다 하고
서른닷냥 값을 부른다
노루새끼는 다문다문 흰점이 배기고 배안의 털을 너슬너슬 벗고
산골사람을 닮었다

산골사람의 손을 핥으며
약자에 쓴다는 흥정소리를 듣는 듯이
새까만 눈에 하이얀 것이 가랑가랑한다

넘석하는 : 목을 길게 빼고 자꾸 넘겨다보는.
자구나무 : 자귀나무. 콩과에 속하는 낙엽 활엽의 작은 교목. 밤에는 잎이 오므라듦.
기장 : 벼과의 일년초로 식용작물. 인도가 원산으로 1.2~1.5m 정도 자라며 잎이
 가늘고 이삭은 가을에 익음. 열매는 당황색이며 좁쌀보다 낟알이 굵음.
막베등거리 : 거칠게 짠 베로 만든 덧저고리.
막베잠밤둥에 : 막베로 만든 잠방이 형식의 아래 속옷.
당콩순 : 강낭콩순.
다문다문 : 드문드문, 띄엄띄엄.
약자 : 약재료.
가랑가랑한다: 그렁그렁한다. 물이 거의 찰 듯한 상태.

고사古寺
_함주시초 3

 부뚜막이 두 길이다
 이 부뚜막에 놓인 사닥다리로 자박수염난 공양주는 성궁미를 지고 오른다

 한말 밥을 한다는 크나큰 솥이
 외면하고 가부틀고 앉아서 염주도 세일 만하다

 화라지송침이 단채로 들어간다는 아궁지
 이 험상궂은 아궁지도 조앙님은 무서운가 보다

 농마루며 바람벽은 모두들 그느슥히
 흰밥과 두부와 튀각과 자반을 생각나 하고

 하폄도 남직하니 불기와 유종들이
 묵묵히 팔짱끼고 쭈구리고 앉았다

 재 안 드는 밤은 불도 없이 캄캄한 까막나라에서
 조앙님은 무서운 이야기나 하면

모두들 죽은 듯이 엎데였다 잠이 들 것이다

자박수염 : 다박나룻. 다보록하게 함부로 난 수염.
공양주 : 부처에게 시주하는 사람. 또는 절에서 밥을 짓는 중.
성궁미 : 부처에게 바치는 쌀.
화라지송침 : 소나무 옆가지를 쳐서 칡덩굴이나 새끼줄로 묶어 땔감으로 장만한 다발.
조앙님 : 부엌을 맡은 신. 부엌에 있으며 모든 길흉을 판단함.
하폄 : 하품.
불기 : 부처의 공양미를 담는 그릇. 모양이 불발佛鉢과 같으나 불발은 사시時時에 만 쓰나 불기는 아무 때나 씀.
유종 : 놋그릇으로 만든 종발.
재齋 안 드는 : 명복을 비는 불공이 없는

선우사 膳友辭
_함주시초 4

낡은 나조반에 흰밥도 가재미도 나도 나와 앉어서
쓸쓸한 저녁을 맞는다

흰밥과 가재미와 나는
우리들은 그 무슨 이야기라도 다 할 것 같다
우리들은 서로 미덥고 정답고 그리고 서로 좋구나

우리들은 맑은 물밑 해정한 모래톱에서 하구 긴 날을 모래알만 헤이며 잔뼈가 굵은 탓이다

바람 좋은 한벌판에서 물닭이 소리를 들으며 단이슬 먹고 나이 들은 탓이다

외따른 산골에서 소리개소리 배우며 다람쥐 동무하고 자라난 탓이다

우리들은 모두 욕심이 없어 희여졌다
착하디 착해서 세괏은 가시 하나 손아귀 하나 없다

너무나 정갈해서 이렇게 파리했다

우리들은 가난해도 서럽지 않다
우리들은 외로워할 까닭도 없다
그리고 누구 하나 부럽지도 않다

흰밥과 가재미와 나는
우리들이 같이 있으면
세상 같은 건 밖에 나도 좋을 것 같다

나조반 : 나주에서 생산된 전통 소반.
소리개소리 : 솔개 소리. 솔개는 무서운 매의 일종임.
세괏은 : 매우 기세가 억세고 날카로운.

산곡山谷
_함주시초 5

돌각담에 머루송이 깜하니 익고
자갈밭에 아즈까리알이 쏟아지는
잠풍하니 볕바른 골짝이다
나는 이 골짝에서 한겨울을 날려고 집을 한 채 구하였다
집이 몇 집 되지 않는 골안은
모두 터앞에 김장감이 퍼지고
뜨락에 잡곡 낟가리가 쌓여서
어니 세월에 뷔일 듯한 집은 뵈이지 않았다
나는 자꾸 골안으로 깊이 들어갔다

골이 다한 산대 밑에 자그마한 돌능와집이 한 채 있어서
이 집 남길동 단 안주인은 겨울이면 집을 내고
산을 돌아 거리로 나려간다는 말을 하는데
해바른 마당에는 꿀벌이 스무나문 통 있었다

낮 기울은 날은 햇볕 장글장글한 툇마루에 걸어앉어서
  지난 여름 도락구를 타고 장진長津땅에 가서 꿀을 치고
돌아왔다는 이 벌들을 바라보며 나는

날이 어서 추워져서 쑥국화꽃도 시들고
이 바즈런한 백성들도 다 제 집으로 들은 뒤에
이 골안으로 올 것을 생각하였다

잠풍하니 : 잔잔한 바람이 살랑살랑 부는 듯하니.
터앞 : 텃밭. 집의 울안에 있는 작은 밭.
돌능와집 : 기와 대신 얇은 돌조각을 지붕으로 인 집.
남길동 : 남색의 저고리 깃동.

구장로球場路
_서행시초西行詩抄 1

삼리三里밖 강 쟁변엔 자갯돌에서
비멀이한 옷을 부숭부숭 말려 입고 오는 길인데
산 모롱고지 하나 도는 동안에 옷은 또 함북 젖었다

한 이십리二十里 가면 거리라든데
한껏 남아 걸어도 거리는 보이지 않는다
나는 어느 외진 산길에서 만난 새악시가 곱기도 하든 것과
어느메 강물 속에 들여다보이던 쏘가리가 한자나 되게 크던 것을 생각하며
산비에 젖었다는 말랐다 하며 오는 길이다

이젠 배도 출출히 고팠는데
어서 그 옹기장사가 온다는 거리로 들어가면
 무엇보다도 먼저 '酒類販賣業주류판매업'이라고 써붙인 집으로 들어가자

그 뜨수한 구들에서
따끈한 삼십오도 소주燒酒나 한 잔 마시고

그리고, 그 시래기국에 소피를 넣고 두부를 두고 끓인 구수한 술국을 뜨근히
 몇 사발이고 왕사발로 몇 사발이고 먹자

비멀이한 : 비에 온몸이 젖은.
한겻 : 하루에 1/4인 시간. 곧 여섯시간.

북신北新
_서행시초 2

  거리에는 모밀내가 났다

  부처를 위하는 정갈한 노친네의 내음새 같은 모밀내가 났다

  어쩐지 향산香山 부처님이 가까웁다는 거린데

  국수집에서는 농짝 같은 도야지를 잡어 걸고 국수에 치는 도야지고기는 돗바늘 같은 털이 드문드문 배겼다

  나는 이 털도 안 뽑은 도야지고기를 물끄러미 바라보며

  또 털도 안 뽑은 고기를 시켜면 맨모밀국수에 얹어서 한입에 꿀꺽 삼키는 사람들을 바라보며

  나는 문득 가슴에 뜨끈한 것을 느끼며

  소수림왕小獸林王을 생각한다 광개토대왕廣開土大王을 생각한다

모밀내 : 모밀냄새.
향산 : 묘향산.
돗바늘 : 아주 굵은 바늘.

팔원八院
_서행시초 3

　차디찬 아침인데
　묘향산행妙香山行 승합자동차乘合自動車는 텅하니 비어서
　나이 어린 계집아이 하나가 오른다
　옛말속같이 진진초록 새 저고리를 입고
　손잔등이 밭고랑처럼 몹시도 터졌다
　계집아이는 자성慈城으로 간다고 하는데
　자성慈城은 예서 삼백오십리三百五十里 묘향산妙香山 백오십리百五十里
　묘향산妙香山 어디메서 삼춘이 산다고 한다
　쌔하얗게 얼은 자동차自動車 유리창 밖에
　내지인內地人 주재소장駐在所長 같은 어른과 어린아이 둘이 내임을 낸다
　계집아이는 운다 느끼며 운다
　텅 비인 차車 안 한구석에서 어느 한 사람도 눈을 씻는다
　계집아이는 몇 해고 내지인內地人 주재소장駐在所長집에서
　밥을 짓고 걸레를 치고 아이보개를 하면서
　이렇게 추운 아침에도 손이 꽁꽁 얼어서
　찬물에 걸레를 쳤을 것이다

내임을 낸다 : 배웅을 한다.

월림月林장
_서행시초 4

'自是東北八○粁熙川자시동북팔○천희천'의 팻말이 선 곳
돌능와집에 소달구지에 싸리신에 옛날이 사는 장거리에
어느 근방 산천山川에서 덜거기 껙껙 검방지게 운다

초아흐레 장판에
산 멧도야지 너구리가죽 튀튀새 났다
또 가얌에 귀이리에 도토리묵 도토리범벅도 났다

  나는 주먹다시 같은 떡당이에 꿀보다도 달다는 강낭엿을 산다
  그리고 물이라도 들 듯이 샛노랗디 샛노란 산골 마가슬 볕에 눈이 시울도록 샛노랗디 샛노란 햇기장쌀을 주무르며
  기장쌀은 기장차떡이 좋고 기장차랍이 좋고 기장감주가 좋고 그리고 기장쌀로 쑨 호박죽은 맛도 있는 것을 생각하며 나는 기쁘다.

자시동북팔○천희천自是東北八○粁熙川 : 여기(月林장)서부터 동북쪽 방면으로 희천
熙川까지는 8km. 월림에서 희천군 희천읍까지는 약 80리가 되는데, 이를 km로
환산하면 30km가 약간 넘는다.
덜거기 : 숫놈 장끼.
떡당이 : 떡덩이.
마가슬 : 넘어가는 해의 빛. 저녁 오후 3시를 넘어서는 햇빛.

제3부

모닥불은

어려서

우리 할아버지가

어미아비 없는

서러운 아이로

불쌍하니도

몽둥발이가 된

슬픈 역사가 있다

모닥불

　새끼오리도 헌신짝도 소똥도 갓신창도 개니빠디도 너울쪽도 짚검불도 가락잎도 머리카락도 헝겊 조각도 막대꼬치도 기왓장도 닭의 깃도 개터럭도 타는 모닥불

　재당도 초시도 문장門長 늙은이도 더부살이 아이도 새사위도 갓사둔도 나그네도 주인도 할아버지도 손자도 붓장사도 땜쟁이도 큰개도 강아지도 모두 모닥불을 쪼인다

　모닥불은 어려서 우리 할아버지가 어미아비 없는 서러운 아이로 불상하니도 몽둥발이가 된 슬픈 역사가 있다

갓신창 : 부서진 갓에서 나온 말총으로 된 질긴 끈의 한 종류.
개니빠디 : 개의 이빨.
재당 : 서당의 주인. 또는 향촌의 최고 어른.
초시 : 초시에 합격한 사람으로 늙은 양반을 이르는 말.
갓사둔 : 새사돈.
붓장사 : 붓을 파는 장사꾼.
몽둥발이 : 손발이 불에 타버려 몸뚱아리만 남은 상태의 물건.

여우난골족族

　명절날 나는 엄매 아배 따라 우리집 개는 나를 따라 진할머니 진할아버지가 있는 큰집으로 가면

　얼굴에 별자국이 솜솜 난 말수와 같이 눈도 껌벅거리는 하루에 베 한 필을 짠다는 벌 하나 건너 집엔 복숭아나무가 많은 신리新里 고무 고무의 딸 이녀李女 작은 이녀李女

　열여섯에 사십四十이 넘은 홀아비의 후처가 된 포족족하니 성이 잘 나는 살빛이 매감탕 같은 입술과 젖꼭지는 더 까만 예수쟁이 마을 가까이 사는 토산土山 고무 고무의 딸 승녀承女 아들 승承동이

　육십리六十里라고 해서 파랗게 뵈이는 산을 넘어 있다는 해변에서 과부가 된 코끝이 빨간 언제나 흰옷이 정하든 말끝에 섧게 눈물을 짤 때가 많은 큰골 고무 고무의 딸 홍녀洪女 아들 홍洪동이 작은 홍洪동이

　배나무접을 잘하는 주정을 하면 토방돌을 뽑는 오리치를 잘 놓는 먼섬에 반디젓 담그러 가기를 좋아하는 삼춘 삼춘엄매 사춘 누이 사춘 동생들이 그득히들 할머니 할아버지가 있는 안간에들 모여서 방안에서는 새옷의 내음새가 나고

또 인절미 송구떡 콩가루차떡의 내음새도 나고 끼때의 두부와 콩나물과 뽂운 잔디와 고사리와 도야지 비계는 모두 선득선득하니 찬 것들이다

 저녁술을 놓은 아이들은 외양간엎 밭마당에 달린 배나무동산에서 쥐잡이를 하고 숨굴막질을 하고 꼬리잡기를 하고 가마 타고 시집가는 놀음 말 타고 장가 가는 놀음을 하고 이렇게 밤이 어둡도록 북적하니 논다

 밤이 깊어가는 집안엔 엄매는 엄매들끼리 아릇간에서들 웃고 이야기하고 아이들은 아이들끼리 웃간 한 방을 잡고 조아질하고 쌈방이 굴리고 바리깨돌림하고 호박떼기하고 제비손이구손이하고 이렇게 화디의 사기방등에 심지를 몇 번이나 돋구고 홍게닭이 몇 번이나 울어서 졸음이 오면 아릇목싸움 자리싸움을 하며 히드득거리다 잠이 든다 그래서는 문창에 텅납새의 그림자가 치는 아침 시누이 동세들이 욱적하니 흥성거리는 부엌으론 샛문틈으로 장지문틈으로 무이징게국을 끓이는 맛있는 내음새가 올라오도록 잔다

벌 : 매우 넓고 평평한 땅.
고무 : 고모. 아버지의 누이.
매감탕 : 엿을 고아낸 솥을 가셔낸 물. 혹은 메주를 쑤어낸 솥에 남아 있는 진한 갈색의 물.
토방돌 : 집채의 낙수 고랑 안쪽으로 돌려가며 놓은 돌. 섬돌.
오리치 : 평북지방의 토속적인 사냥도구로 동그란 갈고리 모양으로 된 야생오리를 잡는 도구.
안간 : 안방.
저녁술 : 저녁밥. 저녁숟갈.
숨굴막질 : 숨바꼭질.
아룻간 : 아랫방.
조아질 : 부질없이 이것저것 집적거리며 해찰을 부리는 일. 평안도에서는 아이들의 공기놀이를 이렇게 부르기도 함.
쌈방이 : 주사위.
바리깨돌림 : 주발 뚜껑을 돌리며 노는 아동들의 유희.
호박떼기 : 아이들의 놀이.
제비손이구손이 : 다리를 마주끼고 손으로 다리를 차례로 세며, '한알 때 두알 때 상사네 네비 오드득 뽀드득 제비손이구손이 종제비 빠땅'이라 부르는 유희.
화디 : 등대燈臺. 나무나 놋쇠 같은 것으로 촛대 비슷하게 만든 등잔을 얹어놓는 기구.
사기방등 : 흙으로 빚어서 구운 방에서 켜는 등.
홍게닭 : 새벽닭.
텅납새 : 처마의 안쪽 지붕이 도리에 얹힌 부분.
동세 : 동서同壻.
무이징게국 : 징거미민물새우에 무를 썰어 넣고 끓인 국.

가즈랑집

 승냥이가 새끼를 치는 전에는 쇠메 든 도적이 났다는 가즈랑고개

 가즈랑집은 고개 밑의
 산 너머 마을서 도야지를 잃는 밤 짐승을 쫓는 깽제미 소리가 무서웁게 들려오는 집
 닭 개 짐승을 못 놓는
 멧도야지와 이웃사춘을 지나는 집

 예순이 넘은 아들 없는 가즈랑집 할머니는 중같이 정해서 할머니가 마을을 가면 긴 담뱃대에 독하다는 막써레기를 몇 대라도 붙이라고 하며

 간밤엔 섬돌 아래 승냥이가 왔었다는 이야기
 어느메 산골에선간 곰이 아이를 본다는 이야기

 나는 돌나물김치에 백설기를 먹으며
 옛말의 구신집에 있는 듯이

가즈랑집 할머니

내가 날 때 죽은 누이도 날 때

무명필에 이름을 써서 백지 달어서 구신간시렁의 당즈깨에 넣어 대감님께 수영을 들였다는 가즈랑집 할머니

언제나 병을 앓을 때면

신장님 단련이라고 하는 가즈랑집 할머니

구신의 딸이라고 생각하면 슬퍼졌다

토끼도 살이 오른다는 때 아르대즘퍼리에서 제비꼬리 마타리 쇠조지 가지취 고비 고사리 두릅순 회순 산나물을 하는 가즈랑집 할머니를 따르며

나는 벌써 달디단 물구지우림 둥굴레우림을 생각하고

아직 멀은 도토리묵 도토리범벅까지도 그리워한다

뒤우란 살구나무 아래서 광살구를 찾다가

살구벼락을 맞고 울다가 웃는 나를 보고

미꾸먹에 털이 몇 자나 났나 보자고 한 것은 가즈랑집 할머니다

찰복숭아를 먹다가 씨를 삼키고는 죽는 것만 같어 하루종일 놀지도 못하고 밥도 안 먹은 것도
 가즈랑집에 마을을 가서
 당세 먹은 강아지같이 좋아라고 집오래를 설레다가였다

가즈랑집 : '가즈랑'은 고개 이름. '가즈랑집'은 할머니의 택호.
쇠메 : 쇠로 된 메. 묵직한 쇠토막에 구멍을 뚫고 자루를 박음.
깽제미 : 꽹과리.
막써레기 : 거칠게 썬 엽연초.
섬돌 : 토방돌.
구신집 : 귀신이 있는 집. 무당집.
구신간시렁 : 걸립乞粒귀신을 모셔놓은 시렁. 집집마다 대청 도리 위 한구석에 조그마한 널빤지로 선반을 매고 위하였음.
당즈깨 : 뚜껑이 있는 바구니로 '당세기'라고도 함.
수영 : 수양收養. 데려다 기른 딸이나 아들.
신장님 단련 : 귀신에게 받는다는 시달림.
아르대즘퍼리 : '아래쪽에 있는 진창으로 된 펄'이라는 평안도식 지명.
제비꼬리 : 식용 산나물의 한 가지.
마타리 : 마타리과의 다년초. 어린잎은 식용으로 쓰임.
쇠조지 : 식용 산나물의 한 가지.
가지취 : 참취나물. 산나물의 한 가지.
고비 : 식용 산나물의 한 종류.
물구지우림 : 물구지(무릇)의 뿌리를 물에 담가 쓴맛을 우려낸 것.
둥굴레우림 : 둥굴레풀의 뿌리를 물에 담가 쓴맛을 우려낸 것을 계속해서 삶은 것.
광살구 : 너무 익어 저절로 떨어지게 된 살구.
당세 : 당수. 곡식가루에 술을 쳐서 미음처럼 쑨 음식.
집오래 : 집의 울 안팎.

주막 酒幕

호박잎에 싸오는 붕어곰은 언제나 맛있었다

부엌에는 빨갛게 질들은 팔八모알상이 그 상 위엔 새파란 싸리를 그린 눈알만한 잔盞이 보였다

아들 아이는 범이라고 장고기를 잘 잡는 앞니가 뻐드러진 나와 동갑이었다

울파주 밖에는 장꾼들을 따라와서 엄지의 젖을 빠는 망아지도 있었다

붕어곰 : 붕어를 알맞게 지지거나 구운 것.
질들은 : 오래 사용하여 반들반들한.
팔모알상 : 테두리가 팔각으로 만들어진 개다리소반.
장고기 : 잔고기. 농다리와 비슷하다.
울파주 : 대, 수수깡, 갈대, 싸리 등을 엮어놓은 울타리.
엄지 : 짐승의 어미.

고야古夜

아배는 타관 가서 오지 않고 산비탈 외따른 집에 엄매와 나와 단둘이서 누가 죽이는 듯이 무서운 밤 집 뒤로는 어느 산골짜기에서 소를 잡어먹는 노나리꾼들이 도적놈들같이 쿵쿵거리며 다닌다

날기멍석을 져간다는 닭보는 할미를 차 굴린다는 땅 아래 고래 같은 기와집에는 언제나 니차떡에 청밀에 은금보화가 그득하다는 외발 가진 조마구 뒷산 어느메도 조마구네 나라가 있어서 오줌 누러 깨는 재밤 머리맡의 문살에 대인 유리창으로 조마구 군병의 새까만 대가리 새까만 눈알이 들여다보는 때 나는 이불 속에 자즈러붙어 숨도 쉬지 못한다

또 이러한 밤 같은 때 시집갈 처녀 막내 고무가 고개 너머 큰집으로 치장감을 가지고 와서 엄매와 둘이 소기름에 쌍심지의 불을 밝히고 밤이 들도록 바느질을 하는 밤 같은 때 나는 아릇목의 삿귀를 들고 쇠듯 밤을 내여 다람쥐처럼 밝어 먹고 은행여름을 인두불에 구어도 먹고 그러다는 이불 위에서 광대넘이를 뒤이고 또 누어 굴면서 엄매에게 웃목에 두

른 평풍의 새빨간 천두의 이야기를 듣기도 하고 고무더러는 밝은 날 멀리는 못 난다는 뫼추라기를 잡어달라고 조르기도 하고

 내일같이 명절날인 밤은 부엌에 쩨듯하니 불이 밝고 솥뚜껑이 놀으며 구수한 내음새 곰국이 무르끓고 방안에서는 일가집 할머니가 와서 마을의 소문을 펴며 조개송편에 달송편에 쥔두기송편에 떡을 빚는 곁에서 나는 밤소 팥소 설탕 든 콩가루소를 먹으며 설탕 든 콩가루소가 가장 맛있다고 생각한다
 나는 얼마나 반죽을 주무르며 흰가루손이 되어 떡을 빚고 싶은지 모른다
 섣달에 냅일날이 들어서 냅일날 밤에 눈이 오면 이 밤엔 쌔하얀 할미귀신의 눈귀신도 냅일눈을 받노라 못 난다는 말을 든든히 여기며 엄매와 나는 앙궁 위에 떡돌 위에 곱새담 위에 함지에 버치며 대냥푼을 놓고 치성이나 드리듯이 정한 마음으로 냅일눈 약눈을 받는다 이 눈세기 물을 냅일물이라고 제주병에 진상항아리에 채워두고는 해를 묵여가며 고뿔

이 와도 배앓이를 해도 갑피기를 앓어도 먹을 물이다

노나리꾼 : 농한기나 그 밖에 한가할 때 소나 돼지를 잡아 내장은 즉석에서 술안주로 하는 밀도살꾼.
날기멍석을 져간다는 : 멍석에 널어 말리는 곡식을 멍석째 훔쳐간다는.
니차떡 : 이차떡. 인절미를 말함.
청밀 : 꿀.
조마구 : 옛 설화 속에 나오는 키가 매우 작다는 난장이.
재밤 : 깊은 밤.
자즈러붙어 : 자지러붙어. 몹시 놀라 몸을 움츠리며 어떤 물체에 몸을 숨기는 것.
치장감 : 혼삿날 쓰이는 감.
삿귀 : 갈대를 엮어서 만든 자리의 가장자리.
쇠든 밤 : 말라서 새들새들해진 밤.
니금 · 열내.
인두불 : 인두를 달구려고 피워놓은 화롯불.
광마넘이 : 앞으로 온몸을 굴리며 노는 유희.
천두 : 천도 복숭아.

쩨듯하니 : 환하게.
놀으며 : 높은 압력에 솥뚜껑이 들썩들썩하는.
무르끓고 : 끓을 대로 푹 끓고.
쥔두기송편 : 진드기 모양처럼 작고 동그랗게 빚은 송편.
냅일날 : 납일臘日. 한 해 동안 지은 농사 형편과 그 밖의 일을 여러 신에게 고하며 제사 지내는 날. 동지 뒤의 셋째 술일戌日. 태조 이후에는 셋째 미일未日로 하였음.
냅일눈 : 납일에 때 맞추어 내리는 눈.
앙궁 : 아궁이.
곱새담 : 풀, 짚으로 엮어서 만든 담.
버치 : 자배기보다 조금 깊고 크게 만든 그릇.
대냥푼 : 큰양푼.
눈세기 물 : 눈이 섞인 물.
진상항아리 : 허름하고 보잘것없는 항아리.
갑피기 : 이질 증세로 곱똥이 나오는 배앓이 병.

오리 망아지 토끼

　오리치를 놓으려 아배는 논으로 내려간 지 오래다
　오리는 동비탈에 그림자를 떨어트리며 날아가고 나는 동말랭이에서 강아지처럼 아배를 부르며 울다가
　시악이 나서는 등뒤 개울물에 아배의 신짝과 버선목과 대님오리를 모다 던져 버린다

　장날 아침에 앞 행길로 엄지 따라 지나가는 망아지를 내라고 나는 조르면
　아배는 행길을 향해서 크다란 소리로
　—— 매지야 오나라
　—— 매지야 오나라

　새하려 가는 아배의 지게에 지워 나는 산으로 가며 토끼를 잡으리라고 생각한다
　맞구멍난 토끼굴을 아배와 내가 막아서면 언제나 토끼새끼는 내 다리 아래로 달아났다
　나는 서글퍼서 울상을 한다

오리치 : 야생오리를 잡으려고 만든 그물.
동말랭이 : 논에 물이 흘러 들어가는 도랑의 둑.
시악恃惡 : 마음속에서 공연히 생기는 심술.
매지 : 망아지.
새하다 : 땔나무를 장만하다.

고방

 낡은 질동이에는 갈 줄 모르는 늙은 집난이같이 송구떡이 오래도록 남아 있었다

 오지항아리에는 삼춘이 밥보다 좋아하는 찹쌀탁주가 있어서
 삼춘의 임내를 내어가며 나와 사춘은 시큼털털한 술을 잘도 채어 먹었다

 제삿날이면 귀머거리 할아버지 가에서 왕밤을 밝고 싸리꼬치에 두부산적을 께었다

 손자 아이들이 파리떼같이 모이면 곰의 발 같은 손을 언제나 내어둘렀다

 구석의 나무말쿠지에 할아버지가 삼는 소신 같은 짚신이 둑둑이 걸리어도 있었다

 옛말이 사는 컴컴한 고방의 쌀독 뒤에서 나는 저녁 끼때

에 부르는 소리를 듣고도 못 들은 척하였다

질동이 : 질그릇 만드는 흙을 구워 만든 동이.
집난이 : 출가한 딸을 친정에서 부르는 말.
송구떡 : 송기松肌떡. 소나무 속껍질을 삶아 우려내여 멥쌀가루와 섞어 절구에 찧은 다음 반죽하여 솥에 쪄내어 떡메로 쳐서 여러 가지 모양을 만든 엷은 분홍색의 떡으로 봄철 단오가 되면 많이 먹음.
오지항아리 : 흙으로 초벌 구운 위에 오짓물을 입혀 구운 항아리.
임내 : 흉내. 그대로 본뜨는 것.
밝고 : 까고.
께었다 : 꿰었다. 끼웠다.
나무말쿠지 : 나무로 만든 옷걸이로 벽에 박아서 사용.
둑둑이 : 한 둑이는 10개를 의미함. 둑둑이는 많이 있다는 뜻.

적경寂境

신살구를 잘도 먹드니 눈오는 아침
나어린 아내는 첫아들을 낳았다

인가人家 멀은 산중에
까치는 배나무에서 즞는다

컴컴한 부엌에서는 늙은 홀아비의 시아부지가 미역국을 끓인다
그 마을의 외따른 집에서도 산국을 끓인다

적경 : 인적이 드문 곳.
산국 : 아이를 낳은 산모가 먹는 미역국.

정주성 定州城

산턱 원두막은 비었나 불빛이 외롭다
헝겊심지에 아주까리 기름의 쪼는 소리가 들리는 듯하다

잠자리 조을든 무너진 성城터
반딧불이 난다 파란 혼魂들 같다
어데서 말 있는 듯이 크다란 산山새 한 마리 어두운 골짜기로 난다

헐리다 남은 성문城門이
한울빛같이 훤하다
날이 밝으면 또 메기수염의 늙은이가 청배를 팔러 올 것이다

아주까리 : 피마자. 씨는 기름을 짜는 대극과大戟科의 일년생풀.
쪼는 : 기름이 타들어가는.
한울 : 하늘.
청배 : 청배나무의 열매.

추일산조 秋日山朝

  아침볕에 섶구슬이 한가로히 익는 골짝에서 꿩은 울어 산울림과 장난을 한다

  산마루를 탄 사람들은 새꾼들인가
  파란 한울에 떨어질 것같이
  웃음소리가 더러 산밑까지 들린다

  순례巡禮중이 산을 올라간다
  어젯밤은 이 산 절에 재齋가 들었다

  무리돌이 굴러나리는 건 중의 발꿈치에선가

섶구슬 : 풀섶의 구슬, 즉 풀잎에 맺힌 이슬방울.
새꾼 : 나무꾼.
무리돌 : 많은 돌.

산비

산뽕잎에 빗방울이 친다
멧비둘기가 난다
나무등걸에서 자벌기가 고개를 들었다 멧비둘기 켠을 본다

자벌기 : 자벌레.

쓸쓸한 길

거적장사 하나 산뒷 옆비탈을 오른다
아- 따르는 사람도 없이 쓸쓸한 쓸쓸한 길이다
산까마귀만 울며 날고
도적갠가 개 하나 어정어정 따러간다
이스라치전이 드나 머루전이 드나
수리취 땅버들의 하이얀 복이 서러웁다
뚜물같이 흐린 날 동풍東風이 설렌다

이스라치전 : 앵두가 지천에 깔려 펼쳐져 모여 있는 곳.
미루진 : 미룩기 많이 펼쳐져 있는 곳.
수리취 : 엉거시과에 속하는 다년초로 야산에 자생하며 어린잎은 식용.
복 : 수리취, 땅버들 따위의 겉을 둘러싸고 있는 하얀 솜털.
뚜물 : 쌀을 일고 난 뿌연 물.

머루밤

불을 끈 방안에 횃대의 하이얀 옷이 멀리 추울 것같이

개 방위方位로 말방울 소리가 들려온다

문을 연다 머룻빛 밤한울에
송이버섯의 내음새가 났다

초동일初冬日

흙담벽에 볕이 따사하니
아이들은 물코를 흘리며 무감자를 먹었다

돌덜구에 천상수天上水가 차게
복숭아나무에 시라리타래가 말라갔다

초동일 : 첫겨울날.
물고 : 물처럼 나오는 콧물.
돌덜구 : 돌절구.
천상수天上水 : 하늘에서 빗물이 내려 고인 물.
시라리타래 : 시래기를 길게 엮은 타래.

하답夏畓

 짝새가 발뿌리에서 날은 논드렁에서 아이들은 개구리의 뒷다리를 구어먹었다

 게구멍을 쑤시다 물쿤하고 배암을 잡은 늪의 피 같은 물이끼에 햇볕이 따그웠다

 돌다리에 앉어 날버들치를 먹고 몸을 말리는 아이들은 물총새가 되었다

짝새 : 뱁새. 박새과에 딸린 작은 새.
물총새 : 하천, 산개울 등에 서식하며 물고기, 개구리, 곤충 등을 잡아먹는 한국의 새.

흰 밤

옛성城의 돌담에 달이 올랐다
묵은 초가지붕에 박이
또 하나 달같이 하이얗게 빛난다
언젠가 마을에서 수절과부 하나가 목을 매여 죽은 밤도
이러한 밤이었다

제4부

여승은

합장하고 절을 했다

가지취의

내음새가 났다

쓸쓸한 낯이

옛날같이 늙었다

나는 불경처럼

서러워졌다

통영統營

 옛날엔 통제사統制使가 있었다는 낡은 항구港口의 처녀들에겐 옛날이 가지 않은 천희千姬라는 이름이 많다
 미역오리같이 말라서 굴껍질처럼 말없이 사랑하다 죽는다는
 이 천희千姬의 하나를 나는 어느 오랜 객주客主 집의 생선가시가 있는 마루방에서 만났다
 저문 유월六月의 바닷가에선 조개도 울 저녁 소라방등이 붉으레한 마당에 김냄새 나는 비가 나렸다

천희 : 바닷가에서 시집 안 간 여자를 '천희'라고 하였음. 또한 천희千姬는 남자를 잡아먹는(죽게 만드는) 여자라는 뜻이다.
미역오리 : 미역줄기.
소라방등 : 소라의 껍질로 만들어 방에서 켜는 등잔.

절간의 소 이야기

병이 들면 풀밭으로 가서 풀을 뜯는 소는 인간보다 영靈해서 열 걸음 안에 제 병을 낫게 할 약藥이 있는 줄을 안다고

수양산首陽山의 어느 오래된 절에서 칠십이 넘은 노장은 이런 이야기를 하며 치마자락의 산나물을 추었다

추었다 : 추스렸다.

비

아카시아들이 언제 흰 두레방석을 깔었나
어데서 물큰 개비린내가 온다

두레방석 : 짚으로 엮어 짠 둥그스레한 방석.
물큰 : 냄새가 한꺼번에 확 풍기는 모양 .

노루

산골에서는 집터를 츠고 달궤를 닦고
보름달 아래서 노루고기를 먹었다

츠고 : 치우고.
달궤 : 달구질. 달구로 집터나 땅을 단단히 다지는 일.

오금덩이라는 곳

어스름저녁 국수당 돌각담의 수무나무 가지에 녀귀의 탱을 걸고 나물매 갖추어 놓고 비난수를 하는 젊은 새악시들
— 잘 먹고 가라 서리서리 물러가라 네 소원 풀었으니 다시 침노 말아라

벌개늪녘에서 바리깨를 뚜드리는 쇳소리가 나면 누가 눈을 앓어서 부증이 나서 찰거마리를 부르는 것이다
마을에서는 피성한 눈슭에 저린 팔다리에 거마리를 붙인다

여우가 우는 밤이면
잠없는 노친네들은 일어나 팥을 깔이며 방뇨를 한다
여우가 주둥이를 향하고 우는 집에서는 다음날 으레히 흉사가 있다는 것은 얼마나 무서운 말인가

국수당 : 마을의 본향당신부락 수호신을 모신 집. 서낭당.
녀귀 : 못된 돌림병에 죽은 사람의 귀신. 제사를 받지 못하는 귀신.
나물매 : 나물과 밥.
비난수 : 귀신의 원혼을 달래주며 비는 말과 행위.
서리서리 : 여기저기 사려놓은 모양. 또는 사려 있는 모양.
벌개늪 : 뻘건 빛깔의 이끼가 덮여 있는 오래된 늪.
바리깨 : 주발 뚜껑.
부증 : 심장병, 신장병, 국부, 혈액순환부족 등으로 전신 또는 국부의 몸이 퉁퉁 붓
  는 병. 부종浮腫.
피성한 : 피멍이 크게 든.
눈숡 : 눈시울. 눈의 언저리의 속눈썹이 난 곳.
팥을 깔이며 : 햇볕에 말리려고 멍석 위에 널어둔 팥을 손으로 이리저리 쓸어 모으
  거나 펴는 것을 말함. 여기서는 오줌 누는 소리에 비유함.

109

미명계未明界

　자즌닭이 울어서 술국을 끓이는 듯한 추탕鰍湯집의 부엌은 뜨수할 것같이 불이 뿌연히 밝다

　초롱이 히근하니 물지게꾼이 우물로 가며
　별 사이에 바라보는 그 달은 눈물이 어리었다

　행길에는 선장 대여가는 장꾼들의 종이등燈에 나귀눈이 빛났다
　어데서 서러웁게 목탁木鐸을 두드리는 집이 있다

미명계 : 어둠이 채 가시지 않은 땅.
자즌닭 : 자주자주 우는 새벽닭.
히근하니 : 희뿌옇게.
선장 : 이른 장.

성외城外

어두어오는 성문城門 밖의 거리
도야지를 몰고 가는 사람이 있다

엿방 앞에 엿궤가 없다

양철통을 쩔렁거리며 달구지는 거리끝에서 강원도江原道로 간다는 길로 든다

술집 문창에 그느슥한 그림자는 머리를 얹혔다

엿궤 : 엿을 담도록 만든 장방형의 널판상자.

광원曠原

흙꽃 니는 이른 봄의 무연한 벌을
경편철도輕便鐵道가 노새의 맘을 먹고 지나간다

멀리 바다가 보이는
가정거장假停車場도 없는 벌판에서
차車는 머물고
젊은 새악시 둘이 나린다

광원 : 넓은 평원.
흙꽃 : 흙먼지.
무연한 : 아득히 너른.
경편철도輕便鐵道 : 궤도가 좁고 구조가 간단하게 놓인 철도.
노새 : 숫나귀와 암말과의 사이에서 난 잡종. 크기는 나귀와 비슷.

여승女僧

여승女僧은 합장合掌하고 절을 했다
가지취의 내음새가 났다
쓸쓸한 낯이 옛날같이 늙었다
나는 불경佛經처럼 서러워졌다

평안도平安道의 어느 산 깊은 금덤판
나는 파리한 여인에게서 옥수수를 샀다
여인女人은 나어린 딸아이를 따리며 가을밤같이 차게 울었다

섶벌같이 나아간 지아비 기다려 십 년十年이 갔다
지아비는 돌아오지 않고
어린 딸은 도라지꽃이 좋아 돌무덤으로 갔다

산山꿩도 섧게 울은 슬픈 날이 있었다
산山절의 마당귀에 여인의 머리오리가 눈물방울과 같이 떨어진 날이 있었다

가지취 : 참취나물.
금덤판 : 금을 캐거나 파는 산골의 장소로 간이 식료품 등 잡품을 파는 곳.
섶벌 : 울타리 옆에 놓아 치는 꿀벌. 재래종.

수라 修羅

거미새끼 하나 방바닥에 나린 것을 나는 아무 생각 없이 문밖으로 쓸어버린다
차디찬 밤이다

어니젠가 새끼거미 쓸려나간 곳에 큰거미가 왔다
나는 가슴이 짜릿한다
나는 또 큰거미를 쓸어 문밖으로 버리며
찬 밖이라도 새끼 있는 데로 가라고 하며 서러워한다

이렇게 해서 아린 가슴이 싹기도 전이다
어데서 좁쌀알만한 알에서 가제 깨인 듯한 발이 채 서지도 못한 무척 작은 새끼거미가 이번엔 큰거미 없어진 곳으로 와서 아물거린다
나는 가슴이 메이는 듯하다
내 손에 오르기라도 하라고 나는 손을 내어미나 분명히 울고불고 할 이 작은 것은 나를 무서우이 달어나버리며 나를 서럽게 한다
나는 이 작은 것을 고이 보드러운 종이에 받어 또 문밖으

로 버리며

 이것의 엄마와 누나나 형이 가까이 이것의 걱정을 하며 있다가 쉬이 만나기나 했으면 좋으련만 하고 슬퍼한다

수라修羅 : 싸움을 일삼는 귀신.
싹기도 : 흥분이 가라앉기도.
가제 : 방금. 막.

가키사키柿崎의 바다

저녁밥때 비가 들어서
바다엔 배와 사람이 흥성하다

참대창에 바다보다 푸른 고기가 께우며 섬돌에 곱조개가 붙는 집의 복도에서는 배창에 고기 떨어지는 소리가 들렸다

이즉하니 물기에 누굿이 젖은 왕구새자리에서 저녁상을 받은 가슴 앓는 사람은 참치회를 먹지 못하고 눈물겨웠다

어득한 기슭의 행길에 얼굴이 해쓱한 처녀가 새벽달같이
아 아즈내인데 병인病人은 미역 냄새 나는 덧문을 닫고 버러지같이 누었다

가키사키柿崎 : 일본 이즈반도의 최남단에 있는 항구.
아즈내 : 초저녁.

창의문외彰義門外

    무이밭에 흰나비 나는 집 밤나무 머루넝쿨 속에 키질하는 소리만이 들린다
    우물가에서 까치가 자꾸 짖거니 하면
    붉은 수탉이 높이 샛더미 위로 올랐다
    텃밭가 재래종의 임금林檎나무에는 이제도 콩알만한 푸른 알이 달렸고 히스무레한 꽃도 하나 둘 피여 있다
    돌담 기슭에 오지항아리 독이 빛난다

무이밭 : 무밭.
샛더미 : 빈터에 높다랗게 쌓아놓은 땔감더미.
임금林檎나무에는 : 능금사과나무에는.
오지항아리 : 흙으로 초벌 구운 위에 오짓물을 입혀 구운 항아리.

정문촌旌門村

주홍칠이 날은 정문旌門이 하나 마을 어구에 있었다

'孝子盧迪之之旌門효자노적지지정문' — 몬지가 겹겹이 앉은 목각木刻의 액額에
 나는 열 살이 넘도록 갈지자之 둘을 웃었다

아카시아꽃의 향기가 가득하니 꿀벌들이 많이 날어드는 아츰
 구신은 없고 부엉이가 담벽을 띠飴고 죽었다

기왓골에 배암이 푸르스름히 빛난 달밤이 있었다
 아이들은 쪽재피같이 먼길을 돌았다

정문旌門집 가난이는 열다섯에
 늙은 말꾼한데 시집을 갔겄다

정문旌門 : 충신. 효자. 열녀 등을 표창하기 위하여 그의 집 앞이나 마을 앞에 세우던 붉은 문. 작설綽楔. 홍문紅門.
띠飴고 : 뾰족한 부리로 위를 향해 잇따라 쳐서 찍고.

여우난골

박을 삶는 집
할아버지와 손자가 오른 지붕 위에 한울빛이 진초록이다
우물의 물이 쓸 것만 같다

마을에서는 삼굿을 하는 날
건넌마을서 사람이 물에 빠져 죽었다는 소문이 왔다

노란 싸릿잎이 한불 깔린 토방에 햇칡방석을 깔고 나는 호박떡을 맛있게도 먹었다

어치라는 산새는 벌배 먹어 고흡다는 골에서 돌배 먹고 앓던 배를 아이들은 떨배 먹고 나었다고 하였다

삼굿 : 삼大麻를 벗기기 위하여 구덩이에 쩌내는 일.
한불 : 상당히 많은 것들이 한 표면을 덮고 있는 상태.
토방 : 마루를 놓을 수 있는 처마 밑의 땅.
햇칡방석 : 그 해에 새로 나온 칡덩굴을 엮어 만든 방석.
어치 : 까마귀과의 새.
벌배 : 산과 들에서 저절로 나는 야생 배.

삼방三防

  갈부던 같은 약수藥水터의 산山거리엔 나무그릇과 다래나무 지팽이가 많다

  산山 너머 십오리十五里서 나무뒝치 차고 싸리신 신고 산山비에 촉촉이 젖어서 약藥물을 받으려 오는 두멧아이들도 있다

  아랫마을에서는 애기무당이 작두를 타며 굿을 하는 때가 많다

갈부던 : 갈잎으로 엮어 만든 장신구.

청시靑枾

별 많은 밤
하누바람이 불어서
푸른 감이 떨어진다 개가 짖는다

하누바람 : 하늬바람. 농가나 어촌에서 북풍을 이르는 말. 강원도에서는 서풍을 이르기도 함.

제5부

나의 정다운 것들

가지 명태 노루 뫼추리

질동이 노랑나뷔

바구지꽃 모밀국수

남치마 자개짚세기

그리고 천희라는 이름이

한없이 그리워지는

밤이로구나

적막강산

오이밭에 벌배채 통이 지는 때는
산에 오면 산 소리
벌로 오면 벌 소리

산에 오면
큰솔밭에 뻐꾸기 소리
잔솔밭에 덜거기 소리

벌로 오면
논두렁에 물닭의 소리
갈밭에 갈새 소리

산으로 오면 산이 들썩 산 소리 속에 나 홀로
벌로 오면 벌이 들썩 벌 소리 속에 나 홀로

정주定州 동림東林 구십九十여 리里 긴긴 하로 길에
산에 오면 산 소리 벌에 오면 벌 소리
적막강산에 나는 있노라

빌매재 : 늘의 배추.
물닭 : 비오리. 오리과에 딸린 물새.
동림東林 : 선천에 있는 지명 이름. 특히 동림폭포가 유명하다.

산山

머리 빗기가 싫다면
니가 들구 나서
머리채를 끄을구 오른다는
산山이 있었다

산山 너머는
겨드랑이에 깃이 돋아서 장수가 된다는
더꺼머리 총각들이 살아서
색시 처녀들을 잘도 업어간다고 했다
산山 마루에 서면
멀리 언제나 늘 그물그물
그늘만 친 건넛산山에서
벼락을 맞아 바윗돌이 되었다는
큰 땅꽹이 한 마리
수염을 뻗치고 건너다보는 것이 무서웠다
그래도 그 쉬영꽃 진달래 빨가니 핀 꽃 바위 너머
산山 잔등에는 가지취 뻐국채 게루기 고사리 산山나물판
산山나물 냄새 물씬 물씬 나는데

나는 복장노루를 따라 뛰었다

그물그물 : 가물가물.
쉬영꽃 : 수영꽃. 마디풀과에 딸린 여러해살이풀
뻐국재 : 국화과의 여러해살이풀. 어린 잎은 식용 내지 약용으로 쓰임.
계루기 : 게로기. 초롱꽃과에 딸린 여러해살이풀.
복장노루 : 복작노루. 고라니. 사슴과에 딸린 짐승.

석양夕陽

거리는 장날이다
장날 거리에 영감들이 지나간다
영감들은
말상을 하였다 범상을 하였다 쪽재비상을 하였다
개발코를 하였다 안장코를 하였다 질병코를 하였다
그 코에 모두 학실을 썼다
돌체 돗보기다 대모체 돗보기다 로이도 돗보기다
영감들은 유리창 같은 눈을 번득거리며
투박한 북관北關 말을 떠들어대며
쇠리쇠리한 저녁해 속에
사나운 즘생같이들 사러졌다

개발코 : 개발처럼 뭉툭하게 생긴 코 내지는 넙죽한 코를 말함.
안장코 : 말의 안장처럼 콧등이 잘룩하게 생긴 코.
질병코 : 거칠고 투박한 오지병처럼 생긴 코.
학실 : 노인들이 쓰는 안경. 특히 다리 가운데를 접었다 폈다 할 수 있게 만든 안경.
돌체 돗보기 : 석영石英 유리로 안경테를 만든 돋보기.
대모체 돗보기 : 바다거북의 등 껍데기로 안경테를 만든 돋보기.
로이도 돗보기 : 미국의 희극 배우, 헤롤드 로이드(H.Loyd, 1893~1971), 로이드 안경에 맥고모자 차림으로 1920년대 평균적 미국인을 표현함. 채플린, 키튼과 함께 3대 희극왕으로 불림.
쇠리쇠리한 : 눈이 부신.

안동安東

이방異邦 거리는
비오듯 안개가 나리는 속에
안개 같은 비가 나리는 속에

이방異邦 거리는
콩기름 쫄이는 내음새 속에
섶누에 번디 삶는 내음새 속에

이방異邦 거리는
독기날 벼르는 돌물레 소리 속에
되광대 켜는 되양금 소리 속에

손톱을 시펄하니 길우고 기나긴 창꽈쯔를 즐즐 끌고 싶었다
만두饅頭꼬깔을 눌러쓰고 곰방대를 물고 가고 싶었다

이왕이면 향香내 높은 취향리梨 돌배 움퍽움퍽 씹으며 머리채 츠렁츠렁 발굽을 차는 꾸냥과 가즈런히 쌍마차雙馬車 몰아가고 싶었다

섶누에 번디 : 섶누에 산누에의 번데기.
돌물레 : 칼, 도끼, 가위 등의 무뎌진 날을 벼리게 만든 회전숫돌.
되양금 : 중국의 현악기로 양금과 비슷하다.
시펄하니 : 시퍼렇게. 위풍이나 권세가 당당하게.
창짜쯔 : 장쾌자. 중국식 긴 저고리.
민두嫩腿고깔 : 만두 모양의 고깔.
취향리梨 : 중국의 배. 맛이 좋음.
꾸냥 : 중국 처녀.

추야일경 秋夜一景

닭이 두 홰나 울었는데
안방 큰방은 홰즛하니 당등을 하고
인간들은 모두 웅성웅성 깨여 있어서들
오가리며 석박디를 썰고
생강에 파에 청각에 마눌을 다지고

시래기를 삶는 훈훈한 방안에는
양념 내음새가 싱싱도 하다

밖에는 어데서 물새가 우는데
토방에선 햇콩두부가 고요히 숨이 들어갔다.

홰즛하니 : 어둑하니 호젓한 느낌이 드는.
당등 : 밤새도록 켜놓는 등불. 장등長燈.
오가리 : 박, 무우, 호박 따위의 살을 오리거나 썰어서 말린 것.
석박디 : 섞박지. 김장할 때 절인 무와 배추, 오이를 썰어 여러 가지 고명에 젓국을 조금 쳐서 익힌 김치.
청각 : 짙은 녹색이고 부드러운 해초. 김장 때 김치의 고명으로 쓰이고 무쳐먹기도 함.

함남도안 咸南道安

고원선高原線 종점終點인 이 작은 정거장停車場엔
그렇게도 우쭐대며 달가불시며 뛰어오던 뽕뽕차車가
가이없이 쓸쓸하니도 우두머니 서 있다

해빛이 초롱불같이 희맑은데
해정한 모래부리 플랫폼에선
모두들 쩔쩔 끓는 구수한 귀이리차를 마신다

칠성七星고기라는 고기의 쩜벙쩜벙 뛰노는 소리가
쨋쨋하니 들려오는 호수湖水까지는
들쭉이 한불 새까마니 익어가는 망연한 벌판을 지나가야
한다.

달가불시며 : 작은 몸집으로 격에 맞지 않게 자꾸 까불며.
뿡뿡차 : 기동차汽動車.
우두머니 : 우두커니.
해정한 : 깨끗하고 맑은.
모래부리 : 모래톱.
귀이리 : 귀리. 포아풀과의 일년생 또는 이년생 재배식물.
칠성고기 : 망둥이 사촌쯤 되는 고기. 물 위를 뛰어가는 버릇이 있다.
쨋쨋하니 : 아주 선명하게.
들죽 : 들쭉. 들쭉나무의 열매. 진홍색으로 단맛과 신맛이 함께 느껴지며 그냥 먹거나 술을 담가 먹는다.
한불 : 상당히 많은 것들이 한 표면을 덮고 있는 상태.

삼호三湖
_물닭의 소리 1

문기슭에 바다해자를 까꾸로 붙인 집
산듯한 청삿자리 위에서 찌륵찌륵
우는 전복회를 먹어 한여름을 보낸다

이렇게 한여름을 보내면서 나는 하늑이는
물살에 나이금이 느는 꽃조개와 함께
허리도리가 굵어가는 한 사람을 연연해 한다

청삿자리 : 푸른 왕골로 짠 삿자리.
하늑이는 : 하느적거리는. 가늘고 길고 부드러운 나뭇가지 같은 것이 계속하여 가볍고 경쾌하게 흔들리는 모양.
나이금 : 나이테. 연륜.

물계리物界里
_물닭의 소리 2

물밑 — 이 세모래 닌함박은 콩조개만 일다

모래장변 — 바다가 널어놓고 못미더워 드나드는 명주필을 짓궂이 발뒤축으로 찢으면

날과 씨는 모두 양금줄이 되어 짜랑짜랑 울었다

세모래 : 가늘고 고운 모래.
닌함박 : 이남박. 안쪽에 고랑이 지게 여러 줄로 돌려 판 함지박의 하나. 쌀을 일 때 쓰이는 바가지의 일종.
콩조개 : 아주 작은 조개.
양금 : 사다리꼴의 넓적한 오동나무 통 위에 56개의 줄로 이어진 현악기.

대산동 大山洞
_물닭의 소리 3

비애고지 비애고지는
제비야 네 말이다
저 건너 노루섬에 노루 없드란 말이지
신미두 삼각산엔 가무래기만 나드란 말이지

비애고지 비애고지는
제비야 네 말이다
푸른 바다 흰 한울이 좋기도 좋단 말이지
해밝은 모래장변에 돌비 하나 섯단 말이지

비애고지 비애고지는
제비야 네 말이다
눈빨갱이 갈매기 발빨갱이 갈매기 가란 말이지
승냥이처럼 우는 갈매기
무서워 가란 말이지

비애고지 : 증봉동 근처에 있는 마을. 정확히는 덕언면 신창동으로 옛날에는 '비파 부락'이라고 불렀음. 그러나 여기서는 제비의 지저귐 소리로 파악된다.
신미두 : 평북 신천군 운종면雲從面에 속한 큰 섬. 조기의 명산지이기도 함.
가무래기 : 새까맣게 동그란 조개 .
돌비 : 돌로 세운 비석.

남향南鄕
_물닭의 소리 4

푸른 바닷가의 하이얀 하이얀 길이다

아이들은 늘늘히 청대나무말을 몰고
대모풍잠한 늙은이 또요 한 마리를 드리우고 갔다

이 길이다
얼마 가서 감로甘露 같은 물이 솟는 마을 하이얀 회담벽에 옛적본의 장반시계를 걸어놓은 집 홀어미와 사는 물새 같은 외딸의 혼삿말이 아즈랑이같이 낀 곳은

청대나무말 : 잎이 달린 아직 푸른 대나무를 어린이들이 말이라 하여 가랑이에 넣어서 끌고 다니며 노는 죽마竹馬.
대모풍잠玳瑁風簪 : 대모갑으로 만든 풍잠.
또요 · 노요새. 도요과에 속하는 새의 총칭. 강변의 습기 많은 곳에 살고 다리, 부리가 길며 꽁지가 짧음.
장반시계 : 쟁반같이 생긴 둥근 시계.

야우소회 夜雨小懷
_물닭의 소리 5

캄캄한 비 속에
새빨간 달이 뜨고
하이얀 꽃이 퓌고
먼바루 개가 짖는 밤은
어데서 물외 내음새 나는 밤이다

캄캄한 비 속에
새빨간 달이 뜨고
하이얀 꽃이 퓌고
먼바루 개가 짖고
어데서 물외 내음새 나는 밤은

 나의 정다운 것들 가지 명태 노루 뫼추리 질동이 노랑나 뷔 바구지꽃 모밀국수 남치마 자개짚세기 그리고 천희千姬 라는 이름이 한없이 그리워지는 밤이로구나

먼바루 : 먼발치. 조금 멀찍이 떨어져 있는 곳.
물외 : 오이.
자개짚세기 : 작고 예쁜 조개껍데기들을 주워 짚신에 그득히 담아둔 것.

꼴두기
_물닭의 소리 6

신새벽 들망에
내가 좋아하는 꼴두기가 들었다
갓 쓰고 사는 마음이 어진데
새끼 그물에 걸리는 건 어인 일인가

갈매기 날아온다

입으로 먹을 뿜는 건
몇 십년 도를 닦어 피는 조환가
앞뒤로 가기를 마음대로 하는 건
손자孫子의 병서兵書도 읽은 것이다
갈매기 쭝얼댄다

  그러나 시방 꼴두기는 배창에 너부러져 새새끼 같은 울음을 우는 곁에서
  뱃사람들의 언젠가 아홉이서 회를 처먹고도 남어 한 깃씩 노나가지고 갔다는 크디큰 꼴두기의 이야기를 들으며 나는 슬프다

갈매기 날어난다

들망 : 후릿그물. 바다나 큰 강물에 넓게 둘러치고 여러 사람이 그 두 끝을 끌어당
 기어 물고기를 잡는 큰 그물.
깃 : 각기 앞으로 돌아오는 몫. 자기가 차지할 물건.

가무래기의 락樂

가무락조개 난 뒷간거리에
빛을 얻으려 나는 왔다
빛이 안 되어 가는 탓에
가무래기도 나도 모두 춥다
추운 거리의 그도 추운 능당 쪽을 걸어가며
내 마음은 웃줄댄다 그 무슨 기쁨에 웃줄댄다
이 추운 세상의 한 구석에
맑고 가난한 친구가 하나 있어서
내가 이렇게 추운 거리를 지나온 걸
얼마나 기뻐하며 락단하고
그즈런히 손깍지베개하고 누어서
이 못된 놈의 세상을 크게 크게 욕할 것이다

가무래기 : 모시조개.
빛 : 햇빛.
가무락조개 : 가무래기. 모시조개. 대합조개과에 딸린 바닷물 조개.
뒷간거리 : 가까운 거리에. 가까운 거리를 뜻함.
능당 : 능달(응달).
락단하고 : 즐거워서 손뼉을 치고.

멧새 소리

처마끝에 명태明太를 말린다
명태明太는 꽁꽁 얼었다
명태明太는 길다랗고 파리한 물고긴데
꼬리에 길다란 고드름이 달렸다
해는 저물고 날은 다 가고 볕은 서러웁게 차갑다
나도 길다랗고 파리한 명태明太다
문門턱에 꽁꽁 얼어서
가슴에 길다란 고드름이 달렸다

박각시 오는 저녁

당콩밥에 가지냉국의 저녁을 먹고 나서
바가지꽃 하이얀 지붕에 박각시 주락시 붕붕 날아오면
집은 안팎 문을 횅하니 열어젖기고
인간들은 모두 뒷등성으로 올라 멍석자리를 하고 바람을 쐬이는데
풀밭에는 어느새 하이얀 대림질감들이 한불 널리고
돌우래며 팟중이 산옆이 들썩하니 울어댄다
이리하여 한울에 별이 잔콩 마당 같고
강낭밭에 이슬이 비 오듯 하는 밤이 된다

박각시 : 박각시나방. 해질 무렵에 나와서 주로 박꽃 등을 찾아다니며 긴 주둥아리
  호스로 꿀을 빨아 먹으며 공중에 난다. 날면서 먹이를 먹는 까닭에 언제나 소리가
  붕붕하게 크게 난다.
주락시 : 주락시 나방.
한불 : 상당히 많은 것들이 한 표면을 덮고 있는 상태
돌우래 : 말똥벌레나 땅강아지와 비슷하나 크기는 조금 더 크다. 땅을 파고 다니며
  '오르오르' 소리를 낸다. 곡식을 못 살게 굴며 특히 콩밭에 들어가서 땅을 판다.
팟중이 : 메뚜기과에 속하는 곤충으로 크기는 3.2~4.5cm 정도로 갈색.

산숙山宿
_산중음山中吟 1

여인숙旅人宿이라도 국수집이다

모밀가루포대가 그득하니 쌓인 웃간은 들믄들믄 더웁기도 하다

나는 낡은 국수분틀과 그즈런히 나가 누어서

구석에 데굴데굴하는 목침木枕들을 베여보며

이 산山골에 들어와서 이 목침木枕들에 새까마니 때를 올리고 간 사람들을 생각한다

그 사람들의 얼골과 생업生業과 마음들을 생각해 본다

산숙 : 산에서의 숙박.
들믄들믄 : 드문드문. 간혹. 때때로.
국수분틀 : 국수를 만드는 기계.

향악 饗樂
_산중음 2

초생달이 귀신불같이 무서운 산山골거리에선
처마끝에 종이등의 불을 밝히고
쩌락쩌락 떡을 친다
감자떡이다
이젠 캄캄한 밤과 개울물 소리만이다

향악 : 제사지내는 소리.

야반夜半
_산중음 3

토방에 숭냥이 같은 강아지가 앉은 집
부엌으론 무럭무럭 하이얀 김이 난다
자정도 훨씬 지났는데
닭을 잡고 모밀국수를 누른다고 한다
어늬 산山 옆에선 캥캥 여우가 운다

야반 : 한밤중.

백화白樺
_산중음 4

산골집은 대들보도 기둥도 문살도 자작나무다
밤이면 캥캥 여우가 우는 산山도 자작나무다
그 맛있는 모밀국수를 삶는 장작도 자작나무다
그리고 감로甘露같이 단샘이 솟는 박우물도 자작나무다
산山 너머는 평안도平安道땅도 뵈인다는 이 산山골은 온통 자작나무다

백화 : 자작나무.
박우물 : 바가지로 물을 뜨는 얕은 우물.

제6부

산꿩도 섧게 울은
슬픈 날이 있었다
산절의 마당귀에
여인의 머리오리가
눈물방울과 같이
떨어진 날이 있었다

동뇨부 童尿賦

봄철날 한종일내 노곤하니 벌불 장난을 한 날 밤이면 으레히 싸개동당을 지나는데 잘망하니 누어 싸는 오줌이 넙적다리를 흐르는 따근따근한 맛 자리에 펑하니 괴이는 척척한 맛

첫여름 이른 저녁을 해치우고 인간들이 모두 터앞에 나와서 물외포기에 당콩포기에 오줌을 주는 때 터앞에 밭마당에 샛길에 떠도는 오줌의 매캐한 재릿한 내음새

긴긴 겨울밤 인간들이 모두 한잠이 들은 재밤중에 나 혼자 일어나서 머리맡 쥐발 같은 새끼요강에 한없이 누는 잘 매럽던 오줌의 사르릉 쪼로록 하는 소리

그리고 또 엄매의 말엔 내가 아직 굳은 밥을 모른던 때 살갗 퍼런 막내고무가 잘도 받어 세수를 하였다는 내 오줌빛은 이슬같이 샛말갛기도 샛맑았다는 것이다

벌불 : 들불.
싸개동당 : 오줌을 참다가 기어코 싸는 장소.
잘망하니 : 얄미우면서도 앙증스런 모습. 얄밉세노.
당콩 : 강낭콩.
재밤중 : 한밤중.
쥐발 같은 : 쥐발같이 앙증맞은.

마을은 맨천 구신이 돼서

나는 이 마을에 태어나기가 잘못이다
마을은 맨천 구신이 돼서
나는 무서워 오력을 펼 수 없다
자 방안에는 성주님
나는 성주님이 무서워 토방으로 나오면 토방에는 디운구신
나는 무서워 부엌으로 들어가면 부엌에는 부뚜막에 조앙님

나는 뛰쳐나와 얼른 고방으로 숨어버리면 고방에는 또 시렁에 데석님
나는 이번에는 굴통 모퉁이로 달아가는데 굴통에는 굴대장군
얼혼이 나서 뒤울 안으로 가면 뒤울 안에는 곱새녕 아래 털능구신
나는 이제는 할 수 없이 대문을 열고 나가려는데
대문간에는 근력 세인 수문장

나는 겨우 대문을 삐쳐나 바깥으로 나와서
밭 마당귀 연자간 앞을 지나가는데 연자간에는 또 연자당

구신

나는 고만 디겁을 하여 큰 행길로 나서서

마음 놓고 화리서리 걸어가다 보니

아아 말 마라 내 발뒤축에는 오나가나 묻어 다니는 달걀구신

마을은 온데간데 구신이 돼서 나는 아무데도 갈 수 없다

오력 : 오금. 무릎의 구부리는 안쪽.
디운구신 : 지운地運귀신. 땅의 운수를 맡아본다는 민간의 속신.
조앙님 : 부엌을 맡은 신. 부엌에 있으며 모든 길흉을 판단함.
데석님 : 제석신帝釋神. 가신제家神祭의 대상인 열두 신. 한 집안 사람들의 수명, 곡물, 의류, 화복 등에 관한 일을 맡아본다 함.
굴통 : 굴뚝.
굴대장군 : 굴때장군. 키가 크고 몸이 남달리 굵은 사람. 살빛이 검거나 옷이 시퍼렇게 된 사람.
얼혼이 나서 : 정신이 나가 멍해져서.
곱새녕 : 초가의 용마루나 토담 위를 덮는 짚으로 지네 모양으로 엮은 이엉.
털능구신 : 철륜대감鐵輪大監. 대추나무에 있다는 귀신.
연자간 : 연자맷간. 연자매를 차려놓고 곡식을 찧거나 빻는 큰 매가 있는 장소.
연자당구신 : 연자간을 맡아 다스리는 신.
화리서리 : 마음 놓고 팔과 다리를 휘젓듯이 흔들면서.

연자간

달빛도 거지도 도적개도 모다 즐겁다
풍구재도 얼럭소도 쇠드랑볕도 모다 즐겁다

도적괭이 새끼락이 나고
살진 쪽제비 트는 기지개 길고

홰냥닭은 알을 낳고 소리 치고
강아지는 겨를 먹고 오줌 싸고

개들은 게모이고 쌈지거리하고
놓여난 도야지 둥구재벼 오고

송아지 잘도 놀고
까치 보해 짖고

신영길 말이 울고 가고
장돌림 당나귀도 울고 가고

대들보 위에 베틀도 채일도 토리개도 모도들 편안하니
구석구석 후치도 보십도 소시랑도 모도들 편안하니

풍구재 : 풍구. 곡물로부터 쭉정이, 겨, 먼지 등을 제거하는 농구.
쇠드랑볕 : 쇠스랑볕. 쇠스랑 형태의 창살로 들어와 실내의 바닥에 비치는 햇살.
도적괭이 : 도둑고양이.
새끼락 : 커지며 나오는 손톱, 발톱.
홰낭닭 : 홰에 올라앉는 닭.
둥구재벼 오고 : 둥구잡혀 오고. 물동이를 안고 오는 것처럼 잡혀 오고.
보해 : 뻔질나게 연달아 자주 드나드는 모양. 혹은 물건 같은 것을 쉴새 없이 분주
  하게 옮기며 드나드는 모양.
신영길 : 혼례식에 참석할 새신랑을 모시러 가는 행차.
채일 : 차일遮日.
토리개 : 씨아. 목화의 씨를 빼는 기구.
후치 : 훌칭이. 극젱이. 쟁기와 비슷하나 보습 끝이 무디고 술이 곧게 내려감. 쟁기
  로 갈아놓은 논밭에 골을 타거나 흙이 얕은 논밭을 가는 데 쏨.
보십 : 보습. 쟁기나 곡괭이의 술바닥에 맞추는 삽 모양의 쇳조각.
소시랑 : 쇠스랑.

오리

오리야 네가 좋은 청명淸明 밑께 밤은
옆에서 누가 빰을 쳐도 모르게 어둡다누나
오리야 이때는 따디기가 되어 어둡단다

아무리 밤이 좋은들 오리야
해변벌에선 얼마나 너이들이 욱자지껄하며 멕이기에
해변땅에 나들이 갔든 할머니는
오리새끼들은 장몽이나 하듯이 떠들썩하니 시끄럽기도
하드란 숭인가

그래도 오리야 호젓한 밤길을 가다
가까운 논배미 들에서
까알까알 하는 너이들의 즐거운 말소리가 나면
나는 내 마을 그 아는 사람들의 지껄지껄하는 말소리같이
반가웁고나
오리야 너이들의 이야기판에 나도 들어
밤을 같이 밝히고 싶고나
오리야 나는 네가 좋구나 네가 좋아서

벌논의 늪 옆에 쭈구렁 벼알 달린 짚검불을 널어놓고
닭이짗올코에 새끼달은치를 묻어놓고
동둑넘에 숨어서
하로진일 너를 기다린다

오리야 고운 오리야 가만히 안겼거라
너를 팔어 술을 먹는 노盧장에 영감은
홀아비 소의연 침을 놓는 영감인데
나는 너를 백동전 하나 주고 사오누나

나를 생각하든 그 무당의 딸은 내 어린 누이에게
오리야 너를 한쌍 주드니
어린 누이는 없고 저는 시집을 갔다건만
오리야 너는 한쌍이 날어가누나

따디기 : 한낮의 뜨거운 햇빛 아래 흙이 풀려 푸석푸석한 저녁 무렵.
맥이기에 : '고정되지 않고 움직이다'는 뜻의 평북 방언. '쏘다니다'의 뜻으로도 쓰임.
장몽이나 : 장날이 되어 장터에 사람들이 와글와글 모여 붐비는 것.
논배미 : 논의 한 구역으로 논과 논 사이를 구분한 것.
닭이짖올코 : 닭의 깃털을 붙여서 만든 올가미.
새끼달은치 : 새끼다랑치. 새끼줄을 엮어서 만든 끈이 달린 바구니.
동둑 : 못에 쌓는 큰 둑. 동桐둑. 방죽.
하로진일 : 하루종일.
소의연 : 소의원. 소의 병을 침술로 낫게 해주던 사람.

개

  접시 귀에 소기름이나 소뿔등잔에 아즈까리 기름을 켜는 마을에서는 겨울밤 개 짖는 소리가 반가웁다

  이 무서운 밤을 아래웃방성 마을 돌아다니는 사람은 있어 개는 짖는다

  낮배 어니메 치코에 꿩이라도 걸려서 산山 너머 국수집에 국수를 받으려 가는 사람이 있어도 개는 짖는다

  김치 가재미선 동치미가 유별히 맛나게 익는 밤

  아배가 밤참 국수를 받으려 가면 나는 큰마니의 돋보기를 쓰고 앉어 개 짖는 소리를 들은 것이다

아래웃방성 : 방성榜聲. 방꾼이 방 알리는 말을 전하려고 아래윗마을로 다니면서 크게 외치는 소리.
낮배 : 낮에. 한낮 무렵.
어니메 : 어느 곳에.
치코 : 키에 얽어맨 새잡이 그물의 촘촘한 코.
가재미선 : 가자미식혜.
큰마니 : 할머니.

수박씨, 호박씨

어진 사람이 많은 나라에 와서
어진 사람의 짓을 어진 사람의 마음을 배워서
수박씨 닦은 것을 호박씨 닦은 것을 입으로 앞니빨로 밝는다

수박씨 호박씨를 입에 넣는 마음은
참으로 철없고 어리석고 게으른 마음이나
이것은 또 참으로 밝고 그윽하고 깊고 무거운 마음이라
이 마음 안에 아득하니 오랜 세월이 아득하니 오랜 지혜가 또 아득하니 오랜 인정人情이 깃들인 것이다
태산泰山의 구름도 황하黃河의 물도 옛임금의 땅과 나무의 덕도 이 마음 안에 아득하니 뵈이는 것이다

이 작고 가벼읍고 갤족한 희고 까만 씨가
조용하니 또 도고하니 손에서 입으로 입에서 손으로 오르나리는 때
벌에 우는 새소리도 듣고 싶고 거문고도 한 곡조 뜯고 싶고 한 오천五千말 남기고 함곡관函谷關도 넘어가고 싶고

기쁨이 마음에 뜨는 때는 희고 까만 씨를 앞니로 까서 잔나비가 되고

　근심이 마음에 앉는 때는 희고 까만 씨를 혀끝에 물어 까막까치가 되고

　어진 사람이 많은 나라에서는

　오두미五斗米를 버리고 버드나무 아래로 돌아온 사람도

　그 옆차개에 수박씨 닦은 것은 호박씨 닦은 것은 있었을 것이다

　나물 먹고 물 마시고 팔베개하고 누었던 사람도

　그 머리맡에 수박씨 닦은 것은 호박씨 닦은 것은 있었을 것이다

닦는다 : 껍질을 벗겨 속에 들어 있는 알맹이를 집어내다.
도고하니 : 도고히게. 짐짓 의젓하게.
함곡관函谷關 : 요동반도에서 북경으로 가는 길목. 교통의 요지.
오두미五斗米 : 도연명의 월급. 당시 현감의 월급이 오두미에 해당.
옆차개 : 호주머니.

황일黃日

 한 십리十뽀 더 가면 절간이 있을 듯한 마을이다 낮 기울은 볕이 장글장글하니 따사하다 흙은 젖이 커서 살같이 깨서 아지랑이 낀 속이 안타까운가 보다 뒤울 안에 복사꽃 핀 집엔 아무도 없나 보다 뷔인 집에 꿩이 날어와 다니나 보다 울밖 늙은 들매나무에 튀튀새 한불 앉었다 흰구름 따러가며 딱장벌레 잡다가 연두빛 닢새가 좋아 올라왔나 보다 밭머리에도 복사꽃 피였다 새악시도 피였다 새악시 복사꽃이다 복사꽃 새악시다 어데서 송아지 매— 하고 운다 골갯논드렁에서 미나리 밟고 서서 운다 복사나무 아래 가 흙장난하며 놀지 왜 우노 자개밭둑에 엄지 어데 안 가고 누었다 아릇동리선가 말 웃는 소리 무서운가 아릇동리 망아지 네 소리 무서울라 담모도리 바윗잔등에 다람쥐 해바라기하다 조은다 토끼잠 한잠 자고 나서 세수한다 흰구름 건넌산으로 가는 길에 복사꽃 바라노라 섰다 다람쥐 건넌산 보고 부르는 푸넘이 간지럽다

 저기는 그늘 그늘 여기는 챙챙—
 저기는 그늘 그늘 여기는 챙챙—

―――――――――――
들매 : 산딸나무. 층층나무과에 속하며, 정원수로 심고 열매는 식용.
튀튀새 : 티티새 지빠귀, 개똥지빠귀.
한불 : 상당히 많은 것들이 한 표면을 덮고 있는 상태.
아릇동리 : 아랫동네.
담모도리 : 담모서리.

탕약湯藥

눈이 오는데
토방에서는 질화로 위에 곱돌탕관에 약이 끓는다
삼에 숙변에 목단에 백복령에 산약에 택사의 몸을 보한다는 육미탕六味湯이다
약탕관에서는 김이 오르며 달큼한 구수한 향기로운 내음새가 나고
약이 끓는 소리는 삐삐 즐거웁기도 하다

그리고 다 달인 약을 하이얀 약사발에 받어놓은 것은
아득하니 깜하야 만년萬年 옛적이 들은 듯한데
나는 두 손으로 고이 약그릇을 들고 이 약을 내인 옛사람들을 생각하노라면
내 마음은 끝없이 고요하고 또 맑어진다

곱돌탕관 : 광택이 나는 곱돌을 깎아서 만든 약탕관.
숙변 : 숙지황熟地黃. 한약재의 한 가지.
백복령白茯巔 : 솔뿌리에 기생하는 복령에서 나오는 한약재. 땀과 오줌의 조절에 효험이 있고 담증, 부증, 습증, 설사 등에 쓰임.
산약 : 마의 뿌리. 강장제强壯劑이며 유정遺精, 몽설夢泄, 요통, 살사 등에 쓰임.
택사 : 택사과에 속하는 다년초.

이두국주가도 伊豆國湊街道

옛적본의 휘장마차에
어느메 촌중의 새 새악시와도 함께 타고
먼 바닷가의 거리로 간다는데
금귤이 눌한 마을마을을 지나가며
싱싱한 금귤을 먹는 것은 얼마나 즐거운 일인가

옛적본 : 옛날 분위기. 고전풍.
휘장마차 : 휘장을 두른 마차
어느메 : 어느 곳.
금귤 : 작은 귤의 한 종류.
눌한 : 빛이 흐리게 누르스름한.

국수

눈이 많이 와서
산엣새가 벌로 나려 멕이고
눈구덩이에 토끼가 더러 빠지기도 하면
마을에는 그 무슨 반가운 것이 오는가 보다
한가한 애동들은 어둡도록 꿩사냥을 하고
가난한 엄매는 밤중에 김치가재미로 가고
마을을 구수한 즐거움에 사서 은근하니 홍성홍성 들뜨게 하며
이것은 오는 것이다
이것은 어느 양지귀 혹은 능달쪽 외따른 산옆 은댕이 예데기리밭에서
하룻밤 뽀오햔 흰김 속에 접시귀 소기름불이 뿌우현 부엌에
산멍에 같은 분틀을 타고 오는 것이다
이것은 아득한 옛날 한가하고 즐겁든 세월로부터
실 같은 봄비 속을 타는 듯한 여름볕 속을 지나서 들쿠레한 구시월 갈바람 속을 지나서
대대로 나며 죽으며 죽으며 나며 하는 이 마을 사람들의

으젓한 마음을 지나서 텁텁한 꿈을 지나서
   지붕에 마당에 우물둔덩에 함박눈이 푹푹 쌓이는 어느 하로밤
   아배 앞에 그 어린 아들 앞에 아배 앞에는 왕사발에 아들 앞에는 새끼사발에 그득히 사리워오는 것이다
   이것은 그 곰의 잔등에 업혀서 길여났다는 먼 옛적 큰마니가
   또 그 집등색이에 서서 재채기를 하면 산넘엣 마을까지 들렸다는
   먼 옛적 큰 아바지가 오는 것같이 오는 것이다

   아, 이 반가운 것은 무엇인가
   이 히수무레하고 부드럽고 수수하고 심심한 것은 무엇인가
   겨울밤 쩡하니 익은 동치미국을 좋아하고 얼얼한 댕추가루를 좋아하고 싱싱한 산꿩의 고기를 좋아하고
   그리고 담배 내음새 탄수 내음새 또 수육을 삶는 육수국 내음새 자욱한 더북한 삿방 쩔쩔 끓는 아르굳을 좋아하는 이것은 무엇인가

이 조용한 마을과 이 마을의 으젓한 사람들과 살틀하니 친한 것은 무엇인가
　이 그지없이 고담枯淡하고 소박素朴한 것은 무엇인가

맥이고 : 활발히 움직이고.
김치가재미 : 겨울철 김치를 묻은 다음 얼지 않도록 그 위에 수수깡과 볏짚단으로 나무를 받쳐 튼튼하게 보호해 놓은 움막을 말하며 넓은 뜻으로는 김치독 묻어두는 곳을 의미한다.
은댕이 : 언저리.
예대가리밭 : 산의 맨 꼭대기에 있는 오래된 비탈밭.
산명에 : 산몽아. 전설상의 커다란 뱀. 이무기.
분틀 : 국수를 짜는 분틀.
들쿠레한 : 좀 달고 구수하고 시원한.
사리워 : 담겨져서.
집등색이 : 짚등석. 짚이나 칡덩굴로 짜서 만드는 자리.
댕추가루 : 당초가루. 고춧가루.
탄수 : 식초.
아르굳 : 아랫목.
고담하고 : 속되지 않고 아취가 있는.

촌에서 온 아이

촌에서 온 아이여
촌에서 어젯밤에 승합자동차乘合自動車를 타고 온 아이여
이렇게 추운데 웃동에 무슨 두룽이 같은 것을 하나 걸치고 아랫도리는 쪽 발가벗은 아이여
뽈다구에는 징기징기 앙광이를 그리고 머리칼이 놀한 아이여
힘을 쓸랴고 벌써부터 두 다리가 푸둥푸둥하니 살이 찐 아이여
너는 오늘 아침 무엇에 놀라서 우는구나
분명코 무슨 거짓되고 쓸데없는 것에 놀라서
그것이 네 맑고 참된 마음에 분해서 우는구나
이 집에 있는 다른 많은 아이들이
모도들 욕심 사납게 지게굳게 일부러 청을 돋혀서
어린아이들 치고는 너무나 큰소리로 너무나 뒤겁많은 소리로 울어대는데
너만은 타고난 그 외마디 소리로 스스로웁게 삼가면서 우는구나
네 소리는 조금 썩심하니 쉬인 듯도 하다

네 소리에 내 마음은 반끗히 밝어오고 또 호끈히 더워오고 그리고 즐거워온다

나는 너를 껴안어 올려서 네 머리를 쓰다듬고 힘껏 네 작은 손을 쥐고 흔들고 싶다

네 소리에 나는 촌 농사집의 저녁을 짓는 때

나주볕이 가득 드리운 밝은 방안에 혼자 앉어서

실 감기며 버선짝을 가지고 쓰렁쓰렁 노는 아이를 생각한다

또 여름날 낮 기운 때 어른들이 모두 벌에 나가고 텅 비인 집 토방에서

햇강아지의 쌀랑대는 성화를 받어가며 닭의 똥을 주어먹는 아이를 생각한다

촌에서 와서 오늘 아침 무엇이 분해서 우는 아이여

너는 분명히 하늘이 사랑하는 시인詩人이나 농사꾼이 될 것이로다

웃동 : 윗도리.
두롱이 : 도롱이. 재래식 우장의 한 가지. 짚이나 띠 같은 풀로 안을 엮고 겉은 줄기를 드리워 끝이 너덜너덜함.
징기징기 : 세수를 안 해서 볼에 더러운 자국이 드문드문 있는 얼룩.
앙광이 : 얼굴에 검정이나 먹 따위로 함부로 칠해놓은 것.
지계굳게 : 타일러도 듣지 않고 고집스럽게.
튀겁 : 겁怯.
스스로웁게 : 자연스럽게.
썩심하니 : 목이 쉰 소리를 내는.
반끗히 : 살짝.
호끈히 : '후끈히'의 작은 말.
나주볕 : 저녁 햇빛.
쓰렁쓰렁 : 남이 모르게 비밀리 하는 모양. 일을 건성으로 하는 모양.

목구木具

오대五代나 나린다는 크나큰 집 다 찌그러진 들지고방 어득시근한 구석에서 쌀독과 말쿠지와 숫돌과 신뚝과 그리고 옛적과 또 열두 데석님과 친하니 살면서

한 해에 몇 번 매연지난 먼 조상들의 최방등 제사에는 컴컴한 고방 구석을 나와서 대멀머리에 외얏맹건을 지르터 맨 늙은 제관의 손에 정갈히 몸을 씻고 교우 위에 모신 신주 앞에 환한 촛불 밑에 피나무 소담한 제상 위에 떡 보탕 식혜 산적 나물지짐 반봉 과일들을 공손하니 받들고 먼 후손들의 공경스러운 절과 잔을 굽어보고 또 애끊는 통곡과 축을 귀애하고 그리고 합문 뒤에는 흠향오는 구신들과 호호히 접하는 것

구신과 사람과 넋과 목숨과 있는 것과 없는 것과 한줌 흙과 한점 살과 먼 옛조상과 먼 훗자손의 거룩한 아득한 슬픔을 담는 것

내 손자의 손자와 손자와 나와 할아버지와 할아버지의 할

아버지와 할아버지의 할아버지의 할아버지와…… 수원백씨水原白氏 정주백촌定州白村의 힘세고 꿋꿋하나 어질고 정 많은 호랑이 같은 곰 같은 소 같은 피의 비 같은 밤 같은 달 같은 슬픔을 담는 것 아 슬픔을 담는 것

들지고방 : 들문만 나 있는 고방. 가을걷이나 세간 따위를 넣어두는 광.
말쿠지 : 벽에 옷 같은 것을 걸기 위해 박아놓은 큰 나뭇못.
신뚝 : 방이나 마루 앞에 신발을 올리도록 놓아둔 돌.
열두 데석님 : 열두 제석帝釋. 무당이 섬기는 가신제家神祭의 여러 신들.
매연지난 : 매년 지내온.
최방등 제사 : 평북 정주 지방의 토속적인 제사 풍속으로 차손次孫이 맡아서 모시게 되는 5대째부터의 제사.
대멀머리 : 아무것도 쓰지 않은 맨머리.
외얏맹건 : 오얏망건. 망건을 잘 눌러쓴 품이 오얏꽃같이 단정하게 보인다는 데서 온 말.
지르터 맨 : 망건 등을 쓸 때 뒤통수 쪽을 세게 눌러서 망건 편자를 졸라맨.
반봉 : 커다랗고 좋은 생선을 골라 제사상에 올려놓은 것.
귀애하고 : 내리고, 읽어 내리고.
합문 : 제사 때에 귀신이 제사밥을 먹을 때 문을 닫거나 병풍으로 가리어 두는 일.

칠월七月 백중

마을에서는 세불 김을 다 매고 들에서

개장취념을 서너 번 하고 나면

백중 좋은 날이 슬그머니 오는데

백중날에는 새악시들이

생모시치마 천진푀치마의 물팩치기 껑추렁한 치마에

쇠주푀적삼 항라적삼의 자지고름이 기드렁한 적삼에

한끝나게 상나들이 옷을 있는 대로 다 내입고

머리는 다리를 서너켜레씩 들여서

시뻘건 꼬둘채댕기를 삐뚜룩하니 해 꽂고

네날백이 따배기신을 맨발에 바꿔 신고

고개를 몇이라도 넘어서 약물터로 가는데

무썩무썩 더운 날에도 벌 길에는

건들건들 씨언한 바람이 불어오고

허리에 찬 남갑사 주머니에는 오랜만에 돈푼이 들어 즈벅이고

광지보에서 나온 은장두에 바늘집에 원앙에 바둑에

번들번들 하는 노리개는 스르럭스르럭 소리가 나고

고개를 몇이라도 넘어서 약물터로 오면

약물터엔 사람들이 백재일 치듯 하였는데
봉갓집에서 온 사람들도 만나 반가워하고
깨죽이며 문주며 섭가락 앞에 송구떡을 사서 권하거니 먹거니 하고
그러다는 백중 물을 내는 소내기를 함뿍 맞고
호주를 하니 젖어서 달아나는데
이번에는 꿈에도 못 잊는 봉가집에 가는 것이다
봉가집을 가면서도 칠월七月 그믐 초가을을 할 때까지
평안하니 집살이를 할 것을 생각하고
애끼는 옷을 다 적시어도 비는 씨원만 하다고 생각한다

백중 : 음력陰歷으로 칠월 보름날.
세불 : 일정한 기간을 두고 세 번.
개장취념 : 각자가 돈을 내어 개장국을 끓여 먹는 것.
쇠주푀적삼 : 중국 소주蘇州에서 생산된 고급 명주실로 짠 적삼.
항라적삼 : 명주, 모시, 무명실 등으로 짠 저고리. 여름옷으로 적당함.
자지고름 : 자줏빛의 옷고름.
기드렁한 : 길쭉하여 길게 늘어뜨린 모양을 한.
한끝나게 : 한껏 할 수 있는 데까지.
상나들이 : 가장 좋은 나들이.
꼬둘채댕기 : 가늘고 길게 만든 빳빳하게 꼬드러진 감촉의 댕기.
네날백이 : 세로줄로 네 가닥 날로 짠 짚신.
따배기 : 고운 짚신. 곱게 삼은 짚신.
남갑사 : 남색의 품질 좋은 사紗.
광지보 : 광주리 보자기.
백재일 치듯 : 백차일白遮日 치듯. 흰 옷 입은 사람들이 많이 모인 모양을 이르는 말.
문주 : 빈대떡 또는 부침개.
호주를 하니 : 물기에 촉촉히 젖어 몸이 후줄근하게 되어.
봉가집 : 본가집. 종가집.

부록

사진으로 보는 백석과 그의 지인들

백석을 찾아서 _정철훈(국민일보 문학전문기자)

「나와 나타샤와 흰 당나귀」의 나타샤에게
_안도현(시인·우석대 교수)

백석 연보

찾아보기

:: 사진으로 보는 백석과 그의 지인들 ::

▲ 청산학원青山學院 시절의 백석白石.

▲ 고흐의 보리밭 같은 머리 스타일로 영어 강의에 열중하는 백석(1937).

:: 백석의 영생고보 시절

▲ 영생고보 교무실에서 교재 연구 중인 백석.
— 영생고보 교내 운동장에서 축구부원들과 함께(1937, 가을).
▼ 영생고보 크리스마스 연극제.

◀ 시인 김동명과 함께 지육부(학교문예반)에서 교지 《영생》을 편집중인 백석.

▲ 영생永生을 빛낸 백석의 제자 김선재金善再. 교내 영어웅변대회와 전국영어 웅변대회를 석권, 그 이름을 떨쳤다.

▲ 영생고보 설립자 서고도 목사의 본국 귀환으로 석별의 정을 나누는 학생들.

:: 백석의 여인들

▲ 백석의 앨범 기념사진(1937).

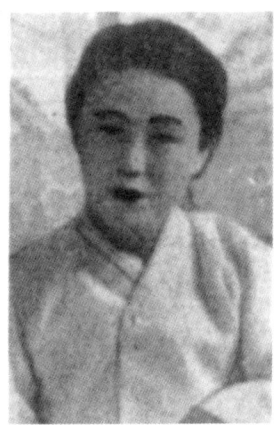
▲ 백석이 좋아했던 여인 자야子夜.

▲ 백석이 사랑한 구원의 여인 란蘭.

▲ 백석의 친구 신현중과 부인 란의 다정한 신혼 모습(1937).

:: 백석의 친구들

▲ 영생고보 교정에서의 백석(1937).

▲ 이원조와 그의 부인.

▲ 함대훈.

:: 백석의 친구들

▲ 안석영.

▲ 정근양.

▲ 신현중(〈조선일보〉기자).

▲ 정현웅(화가).

▲ 백석의 후배인 고정훈高貞勳의 청산학원青山學阮 시절 모습.

▲ 백석의 천재성을 일찍부터 간파한 일본의 시인詩人 노리다께 가스오.

▲ 만년의 노리다께 가스오.

백석을 찾아서

정철훈(국민일보 문학전문기자)

분단시대 극복의 정점에 서 있는 천재시인

평안북도 정주 태생인 백석은 우리의 잃어버린 영토에 깔린 북방정서를 평북 방언의 질감을 통해 보석처럼 갈고닦음으로써 한국 현대시의 미학적 깊이를 더해주었다. 하지만 재북在北 시인인 탓에 우리 문학사의 전면에 등장하지 못하다가 1988년 납·월북 문인 해금 조치 이후에야 조명받기 시작했다. 그럼에도 백석은 분단시대 문학사가 여전히 놓치고 있는 공백에 해당한다. 현재의 문학사가 남북한 모두의 불구적 성격에 구속돼 있다고 할 때 백석은 그 불구성을 극복하는 데 가장 필요하고 적합한 존재이다. 그는 남과 북이라는 체제적 성격으로부터도 자유로운, 가장 외롭고 높고 쓸쓸한 시인이었다. 남북 언어의 통일과 조탁彫琢을 꾀하는 길라잡이로서 백석의 현재성은 두드러진다.

　백석의 고향인 평북 정주는 지금 갈 수 없는 땅이다. 예전엔 경성에서 경의선을 타고 갔다. 평양을 지나 운전雲田, 고읍古邑 다음이 정주定州역이다. 해방 이전, 정주역전엔 운해유기점이란 물상객주가 있었다고 한다. 납청장에서 만들어진 반짝반짝 윤이 나는 유기들은 정주를 거쳐 가게 마련이었고 곽산, 노하, 선천, 동림 등지에서 놋그릇을 사러 온 사람들로 붐비던 정주였다. 정주는 오산학교 설립자인 남강 이승훈의 영향으로 기독교 세력이 강했다.

　백석 본적지는 평북 정주군 갈산면 익성동. 그곳에 가려면 정주가 아니라 경성에서 33번째 역인 고읍에서 하차해야 가깝다. 고읍에 내리면 논밭을 가로질러 오산학교가 보이고 익성동 마을이 눈앞에 들어온다. 백석은 1912년 7월 1일 익성동 1013호에서 태어났다. 주위엔 천마산맥의 남쪽 끄트머리에 위치한 해발 545m의 독장산, 동쪽으로는 예부터 봉황새가 날아와 울었다는 봉명산, 멀리서 보면 산 모양이 고양이 머리처럼 보인다는 묘두산猫頭山, 서쪽으로는 임해산이 있어 이웃 곽산郭山과 경계를 이루는 고장이다.

　서쪽으로 장수탄강이, 동쪽으로 달천撻川이 흘렀다. 달천은 구성龜城의 인산에서 발원해 남쪽으로 흘러 봉명산 물줄기와 합류해 방호고개 밑에서 꺾어 흐르다가 이윽고 정주 앞바다로 들어간다. 선산인 황성산 밑에 백석이 첫 울음을 터뜨린 생가가 있다. 산짐승이 자주 출몰하는 전형적인 산골 마을로 특히 여우가 많이 살았다고 한다.

부친의 이름은 시박時璞, 자는 용삼龍三으로 수원 백씨 정주파 시조인 백역白繹의 17대손이었다. 평소엔 백용삼으로 불렸으나 후일 백영옥白榮鈺으로 개명한다. 백용삼은 젊은 시절에 사진기술을 익힌 개화기 사진계의 초창기 인물로, 조선일보 사진반장을 역임했다고 알려져 있다. 모친 이봉우李鳳宇는 서울에서 정주로 시집을 와서 하숙을 쳤다. 유난히 늙어 보이는 백석의 아버지에 비해 어머니는 젊고 예쁘고 활동적이었다. 음식 솜씨가 정갈해 고당 조만식 선생은 정주의 오산학교 교장 시절 언제나 그 하숙집에 기거했다. 고당과 백용삼은 친분이 두터웠으며 조선일보사 사주 방응모와도 잘 알고 지내는 사이였다고 한다.

백석은 부친이 37세 때, 모친이 24세 때 낳은 귀한 첫 아들이었다. 백석 본명은 백기행夔行. 기연基衍으로도 불렸다. 필명은 백석白石, 白奭인데 주로 백석白石으로 활동했다. 어머니는 아들의 장수를 빌려고 강, 바위, 나무 따위에 치성을 드렸다. 유년 시절의 백석은 '호박떼기'(말타기와 비슷한 놀이), '제비손이구손이'(다리를 서로 끼워 넣어서 노는 놀이)를 하며 자랐다. 유년의 백석이 누구와 어울렸고 어떤 풍광 속에서 자랐는지는 첫 시집이자 유일한 시집 『사슴』(1936년)에 수록된 「여우난골족」을 통해 어느 정도 드러난다.

명절날 나는 엄매 아배 따라 우리집 개는 나를 따라 진할머니 진할아버지가 있는 큰집으로 가면// 얼굴에 별자국이 솜솜 난 말수와 같이 눈도 껌벅거리는 하루에 베 한 필을 짠다는 벌 하나 건너 집엔 복숭아나무가 많은 신리新里 고무 고무의 딸 이녀李女 작은 이녀李女// 열여섯에 사십四十이 넘은 홀아비의 후처가 된 포족족하니 성이 잘 나는 살빛이 매감탕 같은 입술과 젖꼭지는 더 까만 예수쟁이 마을 가까이 사는 토산土山 고무 고무의 딸 승녀承女 아들 승承동이
(「여우난골족」에서, 77쪽)

「여우난골족」에는 수원 백씨 집성촌인 익성동의 일가들이 마치 족보를 들여다보듯 상세하게 나열돼 있다. 백석에게는 한 명의 큰아버지와 두 명의 작은아버지, 그리고 네 명의 고모가 있었다. 그 가운데서도 고모들의 식솔은 질편했다. 산 너머 해안가 덕언면 중봉동에 사는 홍정표에게 시집간 큰고모는 남편이 서른한 살에 요절해 과부로 살았다. 이씨 집안으로 시집간 둘째고모는 얼굴이 곰보에다 말조차 더듬었다. 영변 근처 토산에 사는 승두현에게 시집간 셋째고모, 그리고 김훈호에게 시집간 막내고모의 식솔들을 하나하나 거명하며 백석은 그들이야말로 여우가 나오는 골찌기에 사는 족속이라고 유년 시절을 회상하고 있는 것이다. 큰집이 있는 곳이 바로 여우난골이고 명절날 그곳에 모인 친척

이 여우난골족이었던 것이다.

게다가 아버지가 경성과 같은 타관에 가서 몇 날이고 몇 달이고 돌아오지 않는 밤이면 예닐곱 살 백석은 여우난골이라는 깊은 산골의 짐승 소리와 바람 소리에 놀라 어머니가 깔아놓은 이불 속으로 자지러들곤 했다. 어머니를 대신해 먹을 것도 챙겨주고 옛 이야기도 들려주던 막내고모가 시집간 것도 이때쯤이었으니 어린 백석은 밤이 무서웠고 또한 고적했다.

> 아배는 타관 가서 오지 않고 산비탈 외따른 집에 엄매와 나와 단둘이서 누가 죽이는 듯이 무서운 밤 집 뒤로는 어느 산골짜기에서 소를 잡어먹는 노나리꾼들이 도적놈들같이 쿵쿵거리며 다닌다 (……) 또 이러한 밤 같은 때 시집갈 처녀 막내 고무가 고개 너머 큰집으로 치장감을 가지고 와서 엄매와 둘이 소기름에 쌍심지의 불을 밝히고 밤이 들도록 바느질을 하는 밤 (「고야古夜」에서, 85쪽)

그렇다고 백석의 아버지가 타관으로만 떠돈 것은 아니었다. 아버지의 손을 잡은 채 오리 잡는 덫을 놓으러 개울이며 논으로 갔고, 장날에는 아버지를 쫓아 장터에 가던 소년 백석이었다. "오리치를 놓으려 아배는 논으로 내려간 지 오래다/ 오리는 동비탈에 그림자를 떨어트리며 날아가고 나는 동말랭이에서 강아지처럼 아배를 부르며 울다가/ 시악이 나서는 등뒤 개울물에 아배의 신짝과 버선목과 대님오리를 모다 던져 버린다// 장날 아침에 앞 행길로 엄지 따라 지나가는 망아지를 내라고 나는 조르면/ 아배는 행길을 향해서 크다란 소리로/ ── 매지야 오나라/ ── 매지야 오나라"(「오리 망아지 토끼」에서, 89쪽)

오리 덫을 놓으러 논으로 내려간 사이에 오리가 논둑 비탈에서 날아가버린 것을 목격한 소년은 오리를 놓친 것이 아버지 탓이라는 듯 공연히 심술이 나 있다. 장날에 장꾼들의 행렬이 지나갈 때 어미 말을 따라가는 망아지가 보이자 아버지에게 망아지를 사달라고 떼를 쓴다. 그런 어린 아들을 달래려고 아버지는 "매지(망아지의 평북 사투리)야 오너라"라고 큰 소리로 외쳤던 것이다.

아버지와 아들의 친밀도가 소박한 부자유친의 영상으로 바싹 당겨져 오는 대목이 아닐 수 없다. 여우난골족의 일원으로 유년을 보낸 백석이 인근 오산소학교에 입학하기 전에 체험한 농촌공동체의 유산은 시집 『사슴』에 수록된 「모닥불」에서 절정을 이룬다.

백석이 어떤 생각으로 「모닥불」을 쓰게 됐는지는 알 수 없으되 이 시의 착상은 매우 놀랍다. 주변의 모든 사물들이 불을 지피는 재료가 되고 그 불 주위에 이질적인 사람들이 평등하게 둘러앉아 몸을 녹이는 장면은 이전의 어떤 시에서도 보지 못했던 대동화합과 평등공존의 사상을 드러낸다. 버림받은 모든 것을 차별 없이 섞어서 화합의 불길을 이루는 모닥불, 거지도 쬐기만 하면 살이 찐다는 바로 그 모닥불을 뒤로 하고 여우난골족 백석의 유년 시절은 끝나가고 있었다.

겨레 방언을 詩語로… 현대시 100년 최고시집 펴내

소년 백석은 1918년 평북 정주에 있는 오산소학교에 입학한다. 소학교 시절 그의 자취를 어림할 수 있는 기록은 찾아볼 수 없다. 다만 당시는 1919년 전국적으로 일어난 3·1 만세사건으로 말미암아 오산소학교 역시 소용돌이치던 시기였다. 일본 헌병들에 의해 교실은 불타고 학교는 1년 6개월 동안 문을 닫아야 했다. 학생들의 항일정신이 점점 높아가던 1924년 백석은 고당 조만식이 교장으로 있던 오산고등보통학교에 진학한다. 오산고보 4학년 때인 1927년 가을 수학여행 도중, 경성에 머물던 소회는 훗날 그가 관여한 잡지 『여성』(1938년 3월호)에 실려 있다. 백석은 경성의 첫 인상에 대해 "건건찝찔한 냄새가 나고 황혼녘 같은 서글픈 거리"라고 묘사하고 있다. 전차를 타려고 학교 친구와 같이 있다가 친구가 잠깐 자리를 비운 사이 전차가 오는 바람에

차장에게 기다려달라고 해 사람들로부터 웃음거리가 됐다는 내용도 있다. 백석은 1929년 3월 오산고보를 2회(통산 18회)로 졸업한 42명의 학생 가운데 1명이었다. 그 가운데 19명이 일본 유학을 가거나 대학에 들어갔으나 백석은 집안 형편 때문에 진학을 하지 못했다. 백석은 권토중래捲土重來의 심정이었을 것이다. 인생의 반전은 이때 시작된다. 그가 쓴 단편 「그 모母와 아들」이 1930년 1월 5일 조선일보 신년현상문예에 당선됐던 것이다.

백석은 이를 계기로 조선일보 부사장이던 정주 출신의 계초 방응모(1883~1950)의 눈에 띄어 도쿄로 유학갈 수 있는 장학금을 받을 수 있었다. 3·1 만세운동 직후 계초가 불타버린 오산학교 재건을 위해 동분서주할 때 백석의 아버지 백영옥이 기부금 모금책으로 활동했고, 두 사람과 조만식의 친분도 두터웠으니 백석은 계초에게 있어 지인知人의 자제이기도 했다. 일본 사립명문 아오야마青山 학원 영어사범과에 입학한 백석은 1학년 때 영어를 마스터한다. 2학년 때는 불어를, 3학년 때는 러시아어를 파고들었다.

백석 연구자인 송준(50·자유기고가)에 따르면 백석은 아오야마 학원에 입학한 이듬해인 1931년 5월 15일에 학원 내 교회인 청학원교회에서 세례를 받았다. "학교 친구인 아사히의 증언에 따르면 백석은 학교 교회에 출석하며 선교사들과 접촉을 꾸준히 하여 영어실력을 닦은 학생이었으며 아마도 그것이 바로 백석이 영어를 거의 완벽하게 마스터한 비결이었을 것이다. 백석의 3학년 때 주소는 동경 길상사吉祥寺 1895번지였다."(송준,「시인 백석 일대기」)

아사히는 백석에 대해 "강렬한 매력을 지닌 우수한 친구이며 최고의 성적으로 졸업한 학생"으로 기억했다. 백석은 4학년 때 교생실습을 나간다. 그는 이때의 경험을 후일 부임한 함흥영생고보 학생들에게 가끔 들려주었기에 간접적으로 확인된다. 교사자격증을 취득해 귀국한 백석은 학교가 아닌 조선일보사 출판부에 입사한다. 1934년 4월의 일이다.

평론가 백철(1908~1985)은 당시 백석에 대한 인상을 「1930년대 문단」이란 글에서 이렇게 묘파했다. "처음의 백석에 대한 사내社內의 평판은 그렇게 호감적인 것은 아니었다. 누군가 내게 말한 것인데 '사람이 새파랗게 젊어가지고 도도하기만 하단 말이야! 사장의 세력을 믿는 건가. 원 그러면서 시를 쓴다는 거야' 하는 백석의 평을 들은 적이 있다. 백석은 본시 성품이 모진 사람이 아니었다. 그 대신 결벽성이 심한 데가 있었다." 평북 의주 출신으로 도쿄고등사범학교 영문과를 졸업하고 귀국해 조선프롤레타리아예술가동맹(카프) 중앙위원으로 활동하던 백철의 눈에 비친 백석은 도도했던 모양이다.

백석은 조선일보 계열 잡지 『여성女性』의 편집업무에 종사하는 한편 조선일보 지면에 러시아 작가 안톤 체호프의

「임종 체호프의 6월」을 비롯한 여타 번역 원고들을 발표하기 시작한다. 그 가운데 1934년 8월 10일부터 9월 12일까지 8회에 걸쳐 발표한 러시아 비평가 미르스키의 논문 「죠이쓰와 애란문학愛蘭文學」은 백석에게도 큰 영향을 미친 것으로 보인다. 미르스키는 애란(아일랜드)의 극작가 존 밀링턴 싱이 게일어(Gaelic)가 뒤섞인 영어 방언을 쓰고 있다는 점에 주목했다. 이 때문에 백석 역시 고향인 평안도 방언을 보편적인 시어로 써야겠다는 인식에 도달했던 것이다.

> 그(싱)는 서부 애란의 가장 문화수준이 낮은 촌락의 전원생활을 그의 주제로 하여 완연히 독창적인 희곡을 냈다. 작중의 인물은 모두 인습에 젖은 농부들의 '앵글로 아이리쉬' 방언(켈트계 영어)을 쓴다. 애란 농부들의 말 가운데 나오는 모든 영어의 정신과는 빙탄氷炭의 관계에 있는 것들을 극력 강조하고 또 이런 것들을 논리적인 조화의 체계 속으로 그는 그 문학적 방언을 창조하였다. 이 방언이야말로 실제 생활에 있어서는 아직 사용되어본 적이 없는 것이다.
> (「죠이쓰와 애란문학」)

백석은 1935년 8월 31일 시 「정주성」을 발표하니 소설가에서 시인으로 변신한다. 당시 그는 정주를 배경으로 한 유년 시절의 애틋한 추억들을 그만의 방언주의와 독자적인 호흡에 담아 여러 편의 시를 쓰고 있던 중이었다.

 산턱 원두막은 비었나 불빛이 외롭다/ 헝겊심지에 아주 까리 기름의 쪼는 소리가 들리는 듯하다// 잠자리 조을든 무너진 성城터/ 반딧불이 난다 파란 혼魂들 같다/ 어데서 말 있는 듯이 크다란 산山새 한 마리 어두운 골짜기로 난다// 헐리다 남은 성문城門이/ 한울빛같이 훤하다/ 날이 밝으면 또 메기수염의 늙은이가 청배를 팔러 올 것이다 (「정주성」 전문, 94쪽)

작품 끝에 8월 24일이라는 날짜가 명기돼 있다. 아마도 작품을 쓴 날짜일 것이다. '청배'는 푸른빛 도는 배로, 여름이 지나기 전에 조금 일찍 딴 배이다. 이승원 서울여대 교수는 '메기수염의 늙은이'에 대해 "맛도 좋지 않은 청배를 팔려고 날마다 마을에 오는 고집 세고 세상 물정 모르는 사람, 일종의 시대착오적인 인물"이라는 해석을 내놓고 있다. 고향을 '퇴락과 연민'의 공간으로 인식하고 있다는 것이다.

이후 백석은 1935년 11월 창간된 잡지 『조광』에 시 「산지」 「주막」 「비」를 비롯해 '자연의 전당 대경성의 풍광'이라는 연재 코너에 산문 「마포」를 발표한다. 백석은 『조광』 창간에 거의 주도적으로 참여했던 것이다. "여의도에 비행기가 뜨는 날, 먼 시골 고장의 배가 들어서는 때가 있다. 돛대

꼭두마리의 팔랑개비를 바라보던 버릇으로 뱃사람들은 비행기를 쳐다본다. 그리고 돛대의 흰 깃발이 말하듯이 그렇게 하늘이 무서운 것이 아니라고 생각한다. 이럴 때에 영등포를 떠나오는 기차가 한강철교를 건넌다. 시골 운송점과 정미소에서 내는 신년괘력掛曆의 그림이 정말이 되는 때다."(「마포」에서)

한강 나루변의 변화돼가는 모습에 대한 정밀한 관찰이 아닐 수 없다. 백석은 1935년 가을, 마포 강변으로 산책을 나왔다가 오고 가는 소금 배와 여의도에서 솟아오른 비행기를 쳐다보며 생활의 시름을 달랬던 것이다.

마침내 백석은 1936년 1월 20일 첫 시집 『사슴』을 낸다. 이미 발표한 7편과 미발표시 26편을 합쳐 모두 33편이 실린 『사슴』은 선광인쇄주식회사에서 100부 한정판으로 발간됐다. 그해 1월 29일 서울 태서관太西館에서 열린 출판기념회. 백석의 첫 시집 출판기념회 발기인은 안석영 함대훈 홍기문 김규택 이원조 이갑섭 문동표 김해균 신현중 허준 김기림 등 11인이었다. 이 가운데 허준과 신현중은 후일 백석의 인생에서 빼놓을 수 없는 약방의 감초 같은 존재였다.

『사슴』은 100부 한정판이었으나 선풍적인 인기를 끌었다. 서로 돌려보면서 시집을 거의 통째로 암기했다고 한다. 시 「떠나가는 배」로 유명한 용아龍兒 박용철(1904~1938)은 『사슴』을 이렇게 평가했다. "이 시집의 가치는 이 시편들이 울려 나오기를 토속학적 취미에서도, 방언 채취의 기호에서도 아닌 점에 있다. 외인外人의 첫눈을 끄으는 이 기괴한 의상衣裳 같은 것은 모든 이 시인의 피의 소곤거림이 언어의 외형을 취할 때에 마지못해 입은 옷인 것이다. 이 시집에서 감득할 수 있는 진실한 매력과 박력이 이 증좌證左다."(『조광』 1936년 12월호 중 「시단 일 년의 성과」) 박용철은 시인 백석의 앞날을 거침없이 축복했던 것이다.

친구 혼인축하 자리서 딱 한 번 본 박경련 향한 순애보

백석은 세 차례에 걸쳐 경남 통영을 다녀간 것으로 여겨진다. 첫 번째는 1935년 6월 어느 날이다.

옛날엔 통제사統制使가 있었다는 낡은 항구港口의 처녀들에겐 옛날이 가지 않은 천희千姬라는 이름이 많다/ 미역오리같이 말라서 굴껍질처럼 말없이 사랑하다 죽는다는/ 이 천희千姬의 하나를 나는 어느 오랜 객주客主 집의 생선가시가 있는 마루방에서 만났다/ 저문 유월六月의 바닷가에선 조개도 울 저녁 소라방등이 붉으레한 마당에 김냄새 나는 비가 나렸다 (「통영」 전문, 104쪽)

'저문 유월'이라 했으니 백석은 비 내리는 여름에 통영을 찾았던 것이다. 백석은 왜 통영을 찾았던 것일까. 1935년 6월 초에 열린 친구 허준의 혼인축하회식이 그 발단이다. 회식은 허준의 외할머니가 경영하던 낙원동 여관에서 열렸다고 한다. 허준의 신부 신순영은 서울 서대문 죽첨보통학교 교사로, 허준의 단짝이던 신현중의 여동생이었다.

회식 자리엔 허준 부부와 백석, 신현중, 그리고 현중 누나인 순정의 통영학교 제자 김천금과 박경련, 그리고 경련 외사촌 서숙채가 참석했다. 김천금은 경성여고보, 박경련은 이화고녀, 서숙채는 숙명고녀에 재학 중인 곱고 어여쁜 여학생이었다. 백석은 세 처녀 가운데 박경련을 마음속에 새겨두었다. 경련은 은사인 순정이 경기도 포천에서 교사 생활을 할 때, 순영의 집을 드나들며 신현중과도 알고 지내는 사이였다고 한다.

혼인축하회식을 마친 6월 어느 날 백석은 신현중과 함께 통영에 들렀던 것이다. 하지만 백석의 시 「통영」에는 아직 박경련에 대한 연정이 구체적으로 드러나 있지 않다. 다만 '천희'라는 남도 처녀의 우수에 젖은 비극적 사랑과 호응하고 있는 그의 마음을 짐작할 수는 있다.

1936년 1월 8일 전후에 이루어진 두 번째 통영 행에서 백석은 통영에 가게 된 속사정을 구체적으로 드러낸다.

구마산舊馬山의 선창에선 좋아하는 사람이 울며 나리는 배에 올라서 오는 물길이 반날/ 갓 나는 고당은 갓갓기도 하다 (……) 난蘭이라는 이는 명정明井골에 산다는데/ 명정明井골은 산을 넘어 동백冬栢나무 푸르른 감로甘露 같은 물이 솟는 명정明井 샘이 있는 마을인데/ 샘터엔 오구작작 물을 긷는 처녀며 새악시들 가운데 내가 좋아하는 그이가 있을 것만 같고/ 내가 좋아하는 그이는 푸른 가지 붉게 붉게 동백꽃 피는 철엔 타관 시집을 갈 것만 같은데 (……) 녕 낮은 집 담 낮은 집 마당만 높은 집에서 열나흘 달을 업고 손방아만 찧는 내 사람을 생각한다 (「통영—남행시초」에서, 26쪽)

이 시에 의하면 백석은 구舊 마산 선창에서 연락선을 타고 통영으로 갔다. 19세기 말 마산엔 일본인과 러시아인들이 들어와 새 시가지를 형성했는데 그 지역이 신 마산, 이전 지역이 구 마산이다. 시에서 '열나흘'은 음력 12월 14일, 양력으로는 1936년 1월 8일이다.

백석은 통영 명정골의 유래와 풍광을 언급하면서 그곳에 사는 여인 '난蘭'에 대한 연모의 감정을 내비친다. '난'의 집, 아니 박경련의 집은 명정골 396번지에 있었다고 한다. 하지만 그는 경련을 만나지 못한 채 쓸쓸하게 경성으로 돌아온다. 이때의 심정을 담은 글이 조선일보 1936년 2월 21

일자에 실린 산문 「편지」이다. 산문은 백석 시집 『사슴』을 받아보고 답례로 시 「수선화」를 써준 신석정 시인에게 백석이 보내는 감사의 답신 성격을 띠고 있다.

　남쪽 바닷가 어떤 낡은 항구의 처녀 하나를 나는 좋아하였습니다. 머리가 까맣고 눈이 크고 코가 높고 목이 패고 키가 호리낭창 하였습니다. 그가 열 살이 못되어 젊디젊은 그 아버지는 가슴을 앓아 죽고 그는 아름다운 젊은 홀어머니와 둘이 동지섣달에도 눈이 오지 않는 따뜻한 이 낡은 항구의 크나큰 기와집에서 그늘진 풀같이 살아왔습니다. 어느 해 유월이 저물게 실비 오는 무더운 밤에 처음으로 그를 안 나는 여러 아름다운 것에 그를 견주어 보았습니다. (……) 총명한 내 친구가 그를 비겨서 수선이라고 하였습니다. 그제는 나도 기뻐서 그를 비겨 수선이라고 하였습니다. 그러한 나의 수선이 시들어 갑니다. 그는 스물을 넘지 못하고 또 가슴의 병을 얻었습니다.

이렇듯 박경련을 사모했으니 24세 열혈 청년이던 백석이 다시 통영을 찾지 않을 수는 없었을 것이다. 이번엔 지방 출장을 핑계 삼아 박경련에게 전보까지 친 뒤 역시 신현중과 동행한 길이었다. 그러나 백석이 통영에 도착한 날은 겨울 방학이 끝나갈 무렵이어서 통영에 머물고 있던 박경련이 상

경하는 바람에 엇갈리고 만다. 대신 백석은 그녀의 외사촌 오빠 서병직의 대접을 받는다. 백석 일행이 탄 연락선이 통영 부두에 닿았을 때 뜻밖에도 서병직이 선창가에 나와 있었다고 한다.

  통영統營장 낫대들었다// 갓 한 닢 쓰고 건시 한 접 사고 홍공단 댕기 한 감 끊고 술 한 병 받어들고// 화륜선 만져보려 선창 갔다// 오다 가수내 들어가는 주막 앞에/ 문둥이 품바타령 듣다가// 열이레 달이 올라서/ 나룻배 타고 판데목 지나간다 간다/ (서병직씨에게) (「통영—남행시초 2」 전문, 55쪽)

'열이레 달'이란 음력 1월 17일이니 양력으로 2월 9일에 해당한다. 백석은 서병직의 안내를 받아 통영 장에 갔다. 그곳에서 갓과 건시(마른 곶감), 홍공단(붉은 비단)과 술 한 병을 사들고 커다란 기선이 들어오는 선창까지 내려갔던 것이다. 끝에 붙은 '서병직씨에게'라는 헌사는 박경련 대신 마중을 나와 통영의 곳곳을 구경시켜주고 객줏집까지 안내했던 서병직에 대한 고마움을 나타낸다.

이 시는 백석이 1936년 3월 6일자 조선일보 지면에 발표한 것으로 3월 5일부터 8일까지 하루 한 편씩 연재된 「남행시초」 네 편 가운데 한 편이다. 「남행시초」 네 편에 각각 창원, 통영, 고성, 삼천포가 제목에 언급돼 있는 점으로 미뤄 볼 때 백석은 신춘 기행시를 쓴다는 명분으로 통영에 들렀던 것이다. 백석은 세 번에 걸쳐 통영을 찾았으나 정작 박경련은 한 번도 만나지 못했다. 회식 자리에서 한 번 본 처자에게 반해 머나먼 통영 행을 세 번이나 감행했던 백석은 그만큼 순애보였다.

그럼에도 불구하고 네 편의 「남행시초」 연작시에 박경련에 대한 상념은 전혀 표현되지 않고 있음에 주목할 필요가 있다. 이는 백석이 자신의 연애감정에 대한 완급을 어느 정도 조절하고 있었음을 의미한다. 기행시편을 써서 발표한다는 핑계로 통영 출장을 왔지만 막상 박경련의 부재 사실을 알고 당황했을지언정 감정의 과잉은 그의 작품에서 찾아보기 힘들다. 다만 1936년 4월 초, 신문사를 그만두고 함흥 영생고보의 영어교사로 옮겨간 뒤 백석이 그해 12월 겨울 방학을 틈타 상경해서 친구 허준에게 "박경련에게 청혼을 넣어달라"고 부탁했다는 주장이 있긴 하다(백석 연구자 송준·박태일 경남대 교수).

그의 통영 행을 두고, 세 번이냐 네 번이냐는 논란이 있는 건 사실이지만 이는 시인 백석의 문학을 이해하는 데 본질적 문제는 아닐 것이다. 김재용 원광대 교수는 "하게에서고 차 백석과 통영과의 관계를 논할 때 유독 '박경련'이란 존재를 부각하고 있는 경향이 있다"며 "이는 자칫 백석의 통영

관련 시를 연애감정에 국한시킴으로서 전체를 조망하지 못하게 한다"고 지적했다. 이어 "비록 백석이 시「통영」에서 '난'을 언급했다고는 하지만, 백석에게 통영의 풍광과 역사에 대해 알려준 이는 정작 박경련의 외사촌 오빠 서병직이었다"며 "시「통영—남행시초 2」에 깃든 리얼리티는 서병직의 존재로 인해 한층 빛나고 있다"고 말했다. 백석의 몇 차례에 걸친 통영 행에서 가장 중요한 인물은 그가 연정을 품었던 박경련('난')도, 동행했던 친구 신현중도 아닌 서병직이라는 것이다.

백석이 남행 시절에 쓴 시편들에서 실제 이름을 언급한 이는 서병직뿐이다. 박경련마저 '난'이라고 에둘러 표현했음에도 불구, '서병직씨에게'라고 실명을 밝히고 있는 점은 그 자신이 통영에서 서병직으로부터 받은 접대와 정감에 대한 고마움의 표시이다. 서병직은 백석과 함께 통영의 객줏집과 뒷골목, 그리고 장터 등을 낱낱이 훑으면서 박경련에 대한 연정으로 들끓던 백석의 체온을 식혀준 인물일 뿐만 아니라 그의 자아를 일개 연인에서 시인으로 확장시킨 주인공이었던 것이다.

눈은 푹푹 내리고… 세상 같은 건 더러워 버리는 것이다

백석은 1936년 4월부터 1938년 12월까지 함흥에 거주한다. 신문사를 그만두고 함흥영생고보 영어교사로 옮긴 것이다. 백석보다 1년 먼저 영생학원에 가서 자리를 잡은 평론가 백철의 천거가 있었다고 한다. 하지만 백석은 새 환경에 적응하는 시간이 필요했던지 함흥 거주 1년 7개월 동안 한 편의 시도 발표하지 않다가 1937년 10월에 시 「북관北關」을 위시한 7편의 작품을 한꺼번에 발표한다.

명태明太 창난젓에 고추무거리에 막칼질한 무이를 비벼 익힌 것을/ 이 투박한 북관北關을 한없이 끼밀고 있노라면/ 쓸쓸하니 무릎은 꿇어진다// 시큼한 배척한 퀴퀴한 이 내음새 속에/ 나는 가느슥히 여진女眞의 살내음새를 맡는다// 얼근한 비릿한 구릿한 이 맛 속에선/ 까마득히 신라新羅 백성의 향수鄕愁도 맛본다 (「북관」 전문, 58쪽)

'끼밀다'라는 말은 '끼고 앉아 얼굴을 가까이 들이밀고 자세히 느낀다'는 뜻의 북관 사투리이다. 백석이 투박한 북관을 자기 삶의 일부로 껴안으며 향토 세계에 젖어들고 있음을 보여주는 시다. 여기에 '여진'과 '신라'라는 어휘가 보태지고 있음은, 백석이 역사적 인식의 지평으로 나아가고 있다는 걸 반증한다.

이숭원 서울여대 교수는 "백석의 시집 『사슴』에 담긴 토속적 세계와 북관 시편의 차이는 바로 여기에 있다"며 "성인의 시점에서 관찰한 북관 거주기의 시편은 역사성의 인식을 포함하고 있다"고 말했다. 신라 진흥왕은 국토 확장이라는 미명 하에 함흥지역에 신라 사람들을 이주시킨 뒤 황초령순수비와 마운령순수비를 세웠다. 백석은 이런 역사적 사실을 근거로 '북관'의 시상을 떠올렸던 것이다.

이즈음, 백석 앞에 홀연히 나타난 여인이 김영한(1916~1999)이다. 서울 관철동에서 태어난 김영한은 일찍 아버지를 여의고 할머니와 홀어머니 슬하에서 성장한다. 1932년 그녀의 집안은 금광을 한다는 친척에 속아 하루아침에 알거지가 되는데 이때 김영한은 16세의 나이로 조선 권번券番(기생조합)에 들어가 기생이 된다. 기명妓名은 진향眞香. 권번에서 정악계正樂界의 대부였던 하규일 선생 문하생으로 여창가곡, 궁중무 등을 배운다.

문재文才를 겸비한 진향이 『삼천리문학』에 수필을 발표하며 인텔리 기생으로 이름을 알릴 무렵인 1935년 조선어학회 회원이었던 해관 신윤국은 그녀의 능력을 높이 사 일본 유학을 주선한다. 신윤국 후원으로 도쿄에서 공부하던 중, 그녀는 신윤국이 일제에 의해 함흥 감옥에 투옥됐다는 소식을 듣고 귀국한다. 진향은 함흥에서 스승의 면회를 시도하지만 면회가 불가능하다는 말을 듣고 함흥 권번에 들어간다. 기생으로 있으면 자연스럽게 함흥 법조계 유력인사를 만날 수도 있고, 스승을 면회할 기회를 잡을지도 모른다는 기대 때문이었다고 한다.

하지만 진향은 끝내 신윤국을 면회하지 못한다. 대신 영생고보 교사들의 회식 장소인 '함흥관'에 갔다가 운명적으로 백석을 만나게 된다. 백석은 옆자리에 앉은 진향의 손을 잡고 이렇게 속삭였다. "오늘부터 당신은 나의 영원한 마누라야. 죽기 전엔 우리 사이에 이별은 없어요."(김자야, 『내 사랑 백석』, 문학동네, 1995)

백석의 나이 스물여섯, 김영한은 스물둘이었다. 백석은 퇴근하면 으레 진향의 하숙집으로 가 밤을 지새곤 했다고 한다. 어느 날 백석은 진향이 사들고 온 『당시선집』을 뒤적인다. 이백의 시 「자야오가子夜吳歌」를 발견한 그는 그녀에게 '자야子夜'라는 아호를 지어준다. 「자야오가」는 중국 장안長安에서 서역西域 지방으로 오랑캐를 물리치러 나간 낭군을 기다리는 여인 자야의 애절한 심정이 담긴 가사였다. 자야는 두 사람끼리 부르는 은밀한 아호였던 것이다. 자야는 『내 사랑 백석』에서 이렇게 회고했다. "아마도 당신은 두 사람의 처절한 숙명이 정해질 어떤 예감에서, 혹은 그 어떤 영감에서 이 '자야'라는 이름을 지어주셨던 것은 아닐까."

1937년 겨울, 백석은 자야에게 만주로 가서 자유롭게 살자고 제의했으나, 자야가 갈등 끝에 이를 받아들이지 않고 홀로 경성으로 떠나가자 영생고보 교사직을 버리고 경성으로 와 자야와 동거한다. 재미있는 일화가 있다. 자야가 먼저 경성으로 간 후 백석은 1938년 6월, '조선축구학생연맹전'에 참가하기 위해 영생고보 축구부 학생들을 인솔해 경성으로 축구 원정을 온다. 일주일간의 출장 동안 그는 학생들을 여관에 투숙시킨 채 정작 자신은 청진동의 자야 하숙집에서 밤을 보냈던 것이다. 그날 밤 학생들은 경성의 호화찬란한 밤 풍경에 현혹된 나머지 극장으로, 찻집으로 쏘다니다가 풍기단속 교사들에게 적발돼 영생고보에 그 명단이 통보되고 말았다. 그러자 학교 당국은 징계 차원에서 백석을 영생여고보로 전근시킨다. 이에 백석은 미련 없이 사표를 내고 경성으로 올라왔던 것이다.

백석은 청진동 자야의 집에서 본격적으로 살림을 시작한다. 혼례만 치르지 않았을 뿐 두 사람은 거처를 명륜동으로 옮기며 부부처럼 생활했다. 백석과 자야가 동거한 기간은 3년여. 백석은 이 시절에 사랑을 주제로 한 여러 편의 서정시를 쓰는데, 그중 유명한 것이 「나와 나타샤와 흰 당나귀」이다.

가난한 내가/ 아름다운 나타샤를 사랑해서/ 오늘밤은 푹푹 눈이 나린다// 나타샤를 사랑은 하고/ 눈은 푹푹 날리고/ 나는 혼자 쓸쓸히 앉어 소주燒酒를 마신다/ 소주燒酒를 마시며 생각한다/ 나타샤와 나는/ 눈이 푹푹 쌓이는 밤 흰 당나귀 타고／ 산골로 가자 출출이 우는 깊은 산골로 가 마가리에 살자// 눈은 푹푹 나리고／ 나는 나타샤를 생각하고／ 나타샤가 아니 올 리 없다／ 언제 벌써 내 속에 고조곤히 와 이야기한다／ 산골로 가는 것은 세상한테 지는 것이 아니다／ 세상 같은 건 더러워 버리는 것이다// 눈은 푹푹 나리고／ 아름다운 나타샤는 나를 사랑하고／ 어데서 흰 당나귀도 오늘밤이 좋아서 응앙응앙 울을 것이다 (「나와 나타샤와 흰 당나귀」 전문, 12쪽)

두 사람의 사랑은 뜨겁고 진지했지만 백석의 부모는 자야를 며느리로 받아들일 수 없었다. 1939년 1월 백석이 조선일보사에 재입사했을 무렵, 아버지 백영옥은 조선일보 사진반에서 퇴직해 뚝섬 근처인 경성부 외서둑도리 656번지에 주소를 두고 식솔과 함께 살고 있었다고 한다. 하지만 백석은 부모와 동생이 살고 있는 본가에 가지 않고 신문사와 거리가 가까운 자야의 집에 머물렀다는 것이다.

백석의 부모는 기생과 동거하는 아들을 못마땅하게 생각한 나머지 백석을 자야에게서 떼어놓을 심사로 혼례를 서두른다. "39년 1월에 백석은 장가를 들러 충북 진천에 두 번이나 갔다가 왔다. 1월 6일 금요일 소한小寒에 내리가 내칠을 머물다 서울로 와서 1월 21일 토요일에 다시 내려가면서 대한大寒을 맞이했던 것이다. 이처럼 진천에 내려가서 혼례를 치르고 올라왔는데 이때 신부는 역시 부잣집 딸로 알려졌다. 그러나 부모가 강요해서 치른 결혼식은 그 후 신혼생활이 길지 않고 별거한 것으로 알려졌다."(송준, 「시인 백석 일대기」)

하지만 이러한 기록은 그 출처나 증언자가 밝혀지지 않아 곧이곧대로 믿기엔 무리가 있다. 다만 백석은 자식으로서 부모에 대한 효심과 사랑하는 자야와 함께하고 싶은 열망 사이에서 괴로워하고 갈등했던 것이다. 백석은 집안의 봉건적 관습에서 벗어나기 위해 자야에게 만주로 도피하자고 또다시 설득하지만 자야는 이를 거절하고 만다.

> 당신은 무언의 반항으로 그 지존하신 어버이에게 감히 등을 돌리고 머나먼 이국땅 북만주 황야로 떠나기로 작정을 한 것이었다. 당신은 침통한 얼굴이 되어서 대답했다. '나에게는 정말 피치 못할 딱한 사정이 있소. 당신은 죄 없이 쫓겨 다니는 고생 속에 있고, 나 또한 집에 들어가서 편안히 등을 붙일 단 한 칸의 방이 이 땅에는 없어요!' (김자야, 『내 사랑 백석』, 문학동네, 1995)

자야는 자신의 존재가 백석의 인생에 걸림돌이 된다는 사실에 괴로워했다. 1939년 백석은 혼자서 만주 신경(지금의 장춘)으로 떠나는데, 자야는 이것이 백석과의 영원한 이별이 될 줄은 꿈에도 몰랐다고 회상했다. 1939년 10월 21일, 백석은 조선일보사를 다시 사직하면서 친구 허준과 정현웅에게 "만주라는 넓은 벌판에 가 시 100편을 가지고 오리라"고 다짐하며 만주로 향했다.

'그 드물다는 굳고 정한 갈매나무' 그늘에 들다

 백석은 27세 때인 1939년 말, 중국 만주로 건너가 1945년까지 5년여 동안 떠돌이생활을 했다. 그의 중국행은 처음이 아니었다. 함경남도 함흥영생고보 교사 시절인 1938년 5월, 졸업반 학생들을 인솔해 2주간 일정으로 중국행 수학여행을 다녀온 적이 있었다. 인천에서 배를 타고 뤼순旅順에 도착해 신경長春, 북간도北間島, 도문圖們을 거쳐 함경북도 주을 온천에서 마지막 1박을 하고 함흥으로 돌아온 긴 여행길이었다. 백석은 이 여행을 통해 시인으로서 자유롭게 유랑할 수 있는 땅으로 만주를 찜해놓았던 것이다.
 그가 1940년 6월 『인문평론』에 발표한 시 「수박씨, 호박씨」의 첫 구절 "어진 사람이 많은 나라에 와서/ 어진 사람의 줏(짓)을 어진 사람의 마음을 배우시/ 수박씨 닦은 것을 호박씨 닦은 것을 입으로 앞니빨로 밝는다"에 등장하는 어진 사람이란 근대문명의 속도에 염증을 느낀 그 자신이 동경했던 노자와 공자와 도연명의 땅에 살게 됐다는 일종의 신고식 같은 시편이다. 백석의 거처는 지금의 장춘長春인 '신경시 동삼마로東三馬路 시영주택 35번지' 황씨 방方이었다.

1940~41년 신경에서 발행된 만선일보 학예부 문예담당 편집자였던 고재기(전 전남대 박물관장)씨가 한 언론과 인터뷰한 내용에 따르면 '황씨 방'의 황씨는 당시 만주국 특허국장을 지낸 황재락씨다. 황씨는 자유당 시절 특허청장을 지낸 인물이었고, 아들 종률(자유당 시절 재무장관 역임)씨는 백석과 함께 '방응모 장학생'으로 뽑혀 일본에서 유학한 친구였다. 당시 종률씨는 만주국 경제부 참사관으로 있었기에 백석을 여러모로 도와주었다.

고씨와 종률씨의 동생 중률씨는 보성전문학교 법학부 동기였던 터에 고씨의 증언은 상당한 신빙성이 있다. 고씨는 백석의 성격이 워낙 깔끔해 친구 아버지 집에 머물지 않고 주소지만 그곳에 둔 채 다른 곳에서 하숙을 했을 것이라고 추정했다. 백석은 주말이면 집을 구하기 위해 신경 근교의 러시아인 마을을 오가곤 했다는 것이다.

만주 생활은 곤궁하기 짝이 없었다. 그런 백석에게 도움을 준 대표적인 인물이 만선일보 편집국장 홍양명씨다. 일본 와세다대학 영문과 출신으로 만선일보를 거쳐 조선일보 외신부장, 경성방송국 초대 방송국장을 역임했던 홍씨는 안

수길 같은 작가들도 원고료 없이 글을 쓰던 만주 시절에 망명시인이라 할 백석에게는 용돈을 대주기 위해 청탁을 했다. 백석은 그 덕분에 만선일보에 번역소설「흣새벽」을 비롯해「요설」「슬픔과 진실」등 산문 3~4편을 실을 수 있었다.

신경 시내 러시아 다방에서 백석을 몇 차례 만난 적이 있다는 고씨는 백석이 신경에서 '박애의원'을 하던 모 의사의 집에서 기숙하기도 했다는 증언을 남겼다. 이동순 영남대 교수는 "이 의사가 수필가 겸 소설가로 활동한 정근양일 가능성이 높다"고 말했다. 정근양이 백석을 쫓아 만주로 건너왔다는 것이다.

백석은 1940년 3월부터 만주국 국무원 경제부에서 근무한다. 고씨는 "당대의 갑부 윤치호의 조카 윤모씨가 당시 만주국 국무원 자료과장으로 있었다"며 "백석은 윤씨와 마음이 잘 맞아 그 밑에서 외국어 번역 촉탁으로 근무했다"고 회고했다. 신경에서 백석과 같은 집에서 살았다는 작가 송지영(1916~1989, 전 한국방송공사 이사장)의 술회에 따르면 백석은 그 당시만큼은 고향 부모에게 매달 약간의 송금을 할 수 있을 정도로 수입이 괜찮았다. 하지만 백석은 6개월 후 일제가 창씨개명을 강요하자 곧바로 사직한다.

백석은 일제의 강압이 거세지자 북만주의 산간 오지를 기행하며 원주민인 오로촌과 교류한다. 이때의 경험은 시「북방에서」에 담겨 있다. 하지만 생활인으로서의 백석을 절실하게 보여주는 작품은 1941년 4월 『조광』에 발표한 시 「귀농」이다.

> 백구둔白狗屯의 눈 녹이는 밭 가운데 땅 풀리는 밭 가운데/ 촌부자 노왕老王하고 같이 서서/ 밭최뚝에 즘부러진 땅버들의 버들개지 피어나는 데서/ 볕은 장글장글 따사롭고 바람은 솔솔 보드라운데/ 나는 땅임자 노왕老王한테 석 상디기 밭을 얻는다// 노왕老王은 집에 말과 나귀며 오리에 닭도 우을거리고/ 고방엔 그득히 감자에 콩곡석도 들여 쌓이고/ 노왕老王은 채매도 힘이 들고 하루종일 백령조百鈴鳥 소리나 들으려고/ 밭을 오늘 나한테 주는 것이고/ 나는 이젠 귀치 않은 측량測量도 문서文書도 싫증이 나고/ 낮에는 마음놓고 낮잠도 한잠 자고 싶어서/ 아전노릇을 그만두고 밭을 노왕老王한테 얻는 것이다 (「귀농」에서, 42쪽)

명편으로 꼽히는 「흰 바람벽이 있어」 「국수」 「촌에서 온 아이」가 『문장』에, 「조당에서」 「두보나 이백같이」가 『인문평론』에 각각 발표된 것도 1941년 4월이었다. 이 시기에 백석은 신경에 와 있던 시인 박팔양의 『여수시초麗水詩抄』 출판기념회에 발기인으로 참석하고 역시 만주에 머물던 소설가 김사량, 송지영, 안막 등과도 교제한다. 토머스 하디의 장편소설 『테스』를 서울 조광사에서 번역 출간하기 위해 경성을 잠시 다녀가기도 했다.

　1942년 백석은 만주 안동丹東으로 옮겨간다. 고재기씨는 백석의 안동행에 대해 "소설가 염상섭이 당시 안동시청에 근무하고 있었기 때문이다"라고 회고했다. 백석은 안동에서는 세관 업무에 종사한 것으로 알려져 있다. 하지만 백석은 1942년부터 1946년에 걸쳐 시를 썼을지언정 단 한 편도 발표하지 않았다. 그만큼 일제의 감시가 엄중한 시기였다. 1944년엔 강제 징용을 피하기 위해 산간 오지의 광산에 들어가 일했다고도 한다. 백석은 마침내 1945년 해방을 맞아 안동에서 압록강을 건너 신의주로 온다. 참으로 쓸쓸한 망명시인의 귀국이 아닐 수 없다. 어쩌면 귀국이라는 의미보다 거처를 옮겼다는 표현이 합당할지도 모른다.

　어느 사이에 나는 아내도 없고, 또,/ 아내와 같이 살던 집도 없어지고,/ 그리고 살뜰한 부모며 동생들과도 멀리 떨어져서,/ 그 어느 바람 세인 쓸쓸한 거리 끝에 헤매이었다./ 바로 날도 저물어서/ 바람은 더욱 세게 불고, 추위는 점점 더해 오는데,/ 나는 어느 목수木手네 집 헌 삿을 깐,/ 한 방에 들어서 쥔을 붙이었다./ 이리하여 나는 이 습내 나는 춥고, 누긋한 방에서,/ 낮이나 밤이나 나는 나 혼자도 너무 많은 것 같이 생각하며,/ 딜옹배기에 북덕불이라도 담겨 오면,/ 이것을 안고 손을 쬐며 재 위에 뜻 없이 글자를 쓰기도 하며,/ 또 문 밖에 나가지두 않고 자리에 누워서,/ 머리에 손깍지베개를 하고 굴기도 하면서,/ 나는 내 슬픔이며 어리석음이며를 소처럼 연하여 쌔김질하는 것이었다. (……) 나는 이런 저녁에는 화로를 더욱 다가 끼며, 무릎을 꿇어 보며,/ 어니 먼 산 뒷옆에 바우섶에 따로 외로이 서서/ 어두어 오는데 하이야니 눈을 맞을, 그 마른 잎새에는/ 쌀랑쌀랑 소리도 나며 눈을 맞을,/ 그 드물다는 굳고 정한 갈매나무라는 나무를 생각하는 것이었다 (「남신의주 유동 박시봉방」에서, 17쪽)

이 시는 백석이 1948년 10월 창간된 『학풍』에 발표한 해방공간에서의 마지막 작품이다. 월간 종합지 성격의 『학풍』은 을유문화사에서 발간했는데 편집주간은 조풍연(1914~1991)이었다. 잡지 뒤에 붙은 출판부 소식엔 "서정시인 백석의 『백석시집』이 출간된다. 밤하늘의 별처럼 많은 시인들은 과연 얼마나 이 고고孤高한 시인에 육박할 수 있으며 또 얼마나 능가할 수 있었더랴. 흥미 있는 일이다"라는 구절이 있다. 을유문화사에서 『백석시집』 간행을 준비하고 있었다는 것인데 어찌된 일인지 시집은 간행되지 않았다.

이숭원 서울여대 교수는 "이 시는 친구 허준이 해방 이전부터 갖고 있다가 백석을 대신해 발표했다고 알려져 있으나 만약 그렇다면 편집후기에 그런 사실이 언급됐을 텐데 그런 언급은 없다"며 "이 시가 보여주는 형식적인 안정감과 유장한 호흡, 그리고 예전에 볼 수 없는 콤마와 마침표가 찍혀 있다는 점에서 해방 후 작품으로 보는 것이 타당하다"고 말했다.

사실상 백석의 명편에 해당되는 시는 「남신의주 유동 박시봉방」으로 마침표를 찍는다. 한국전쟁으로 말미암아 남북은 분단됐고 백석은 북한에 남았다. 백석의 백석다운 시가 여기서 중단된 것으로 참으로 안타까운 일이자 우리 문학의 비극이다. 그러나 문학은 상실이라는 토양에서 성장한다. 천재시인 백석이 노래 부른 '그 드물다는 굳고 정한 갈매나무'는 한국현대시의 새로운 100년을 비추는 영원히 꺼지지 않는 등화燈火이다.

「나와 나타샤와 흰 당나귀」의 나타샤에게

안도현(시인·우석대 교수)

나타샤, 노란 은행잎이 마치 눈처럼 내리는 늦가을입니다. 은행잎들이 사라질 때쯤이면 그 자리에 또 눈이 내려 쌓이는 겨울이 오겠지요. 나는 나타샤, 라는 말을 들으면 당신의 이름 뒤쪽으로 왠지 눈이 내리고 있을 것 같고, 눈부신 허벅지의 자작나무숲이 펼쳐져 있을 것 같고, 당신이 홀연 나타날 것만 같아서 숨이 막힙니다.

백석의 시에서 당신을 처음 만났을 때도 그랬습니다. 나는 백석이라는 사내가 무척 부러웠습니다. 나도 백석처럼 가난 했으나 아름다운 나타샤도 흰 당나귀도 없었으니까요. 그래도 백석이 되어보려고 혼자 쓸쓸히 앉아 눈 내리는 북방을 생각하며 밤새워 소주를 퍼마시기도 했지요. 그렇게 몇날 며칠 술을 마셔대도 나타샤 당신은 오지 않더군요.

내가 당신에 대해 아는 건 당신이 아름답다는 것과 내가 사랑하는 한 시인이 당신을 사랑했다는 것뿐입니다. 그래서 나는 당신을 마음으로 그려볼밖에 다른 도리가 없습니다. 아마 당신은 흰 눈을 닮았을 것 같습니다. 손으로 만지거나 가까이 품으면 금세 녹아 없어지는, 눈물이 되어 녹아버리는 당신은 혹 그런 사람 아닌가요?

나타샤, 한 가지 궁금한 게 있습니다. 백석은 당신한테 대체 어떤 사내였나요? 그는 일본 유학파에다 영어와 러시아어에 능통했으며 이목구비가 준수한 모던보이였지요. 고향에서 세 번이나 결혼을 하고도 집을 뛰쳐나와 뭇 여인들을 안고 싶어하던 바람둥이기도 했구요. 그의 어떤 점이 당신을 홀리게 하던가요? 모르긴 몰라도 백석은 우유부단한 성품에 참으로 이기적인 사내가 아니었을까 생각합니다. 그러니 이 여자 저 여자 다 찝쩍거리면서 서울로 함흥으로 만주로 떠도는 방황을 거듭할 수밖에 없었던 거지요.

「나와 나타샤와 흰 당나귀」. 백석과 짧고도 뜨거운 연애를 했던 자야 여사는 누런 미농지 봉투 속에 든 이 시를 직접 받았다 했고, 1938년 당시 『삼천리』 잡지 기자였던 최정희 선생은 백석의 사랑을 받아주지 않자 이 시를 보내왔다고 합니다. 그리고 통영 처녀 박경련과의 러브스토리도 공

개된 적이 있지요. 과연 이중에서 나타샤는 누구일까 하고 세간에는 말이 많았지요.

나타샤, 하지만 당신이 누구인지 내게는 그게 그리 중요한 게 아닙니다. 그는 알려진 것보다 훨씬 많은 여인들에게 이 시를 건네주며 사랑의 무기로 활용을 했을지도 모르는 일이지요. 나는 이 시에서 "가난한 내가/ 아름다운 나타샤를 사랑해서/ 오늘 밤은 푹푹 눈이 나린다"는 구절을 좋아합니다. 사랑하기 때문에 눈이 내린다는 겁니다! 첫눈이 내리는 날 만나자 어쩌고저쩌고 하는 유행가풍 사랑법을 일거에 격파하는 솜씨가 멋지지 않습니까? 게다가 연인에게 산골로 가서 살자고 하면서 "산골로 가는 것은 세상한테 지는 것이 아니다"라고 당당하게 말할 줄 아는 사내는 백석 이전에도 없었고 이후에도 없을 겁니다. 누군들 이런 목소리에 빨려들지 않겠는지요.

나타샤, 내 말을 서운하게 듣지 마십시오. 어쩌면 백석에게는 나타샤가 아예 없을지도 모른다고 생각해봤습니다. 물론 많은 여자가 그의 주변에 있었지만 말입니다. 그 어떤 남자에게도 나타샤는 없는 게 아닐까요? 없기 때문에 또 모든 남자들은 나타샤를 그리워하는 게 아닐까요?

:: 백석 연보 ::

1912년_1세 7월 1일 평북 정주군 길산면 익성동 1013호에서 백용삼白龍三씨의 장남으로 태어났다. 본명은 백기행白夔行이다. 아버지 백용삼 씨는 국내에서 몇 안 되는 사진기술을 가지고 있었고, 조선일보 사진반장을 지냈다. 백석이 태어난 마을은 여우난골로 불렸다.

1918년_7세 오산소학교에 입학했다.

1924년_13세 오산소학교를 졸업하고 오산학교에 입학했다. 동문 임기황任基況의 회고에 의하면 같은 학교 선배인 소월을 선망했다고 한다. 오산학교 시절에 백석은 문학과 영어에 남다른 소질을 보였다.

1929년_18세 오산고등보통학교伍山高等普通學校(오산학교의 바뀐 교명)를 졸업했다.

1930년_19세 조선일보 신년현상문예에 단편소설「그 모母와 아들」이 당선됐다. 정주 출신 방응모가 사장으로 있던 조선일보의 장학생으로 선발되어 일본의 아오야마靑山 학원에서 영문학을 공부했다.

1934년_23세 졸업 후 귀국하여 조선일보사에 입사하여, 조선일보에서 발행하던 여성지『여성』에서 편집일을 했다.

1935년_24세 8월 30일 조선일보에 시「정주성」을 발표하며 시단에 데뷔했다. 이후 소설보다는 시를 주로 창작했다. 조선일보에서 창간한 시사잡지『조광』의 편집일을 했다.

1936년_25세 1월 20일 시집『사슴』을 100부 한정판으로 출판했다. 시집에는 33편의 시가 실려 있었다. 같은 해 4월 조선일보를 그만두고 함흥 영생고보의 영어교사로 부임했다.

1938년_27세 영생고보를 그만두고 서울로 올라왔다.

1939년_28세 조선일보에 재입사하여 월간『여성』지의 편집을 보다가 그만두고 그해 말 당시 만주국의 수도였던 신경으로 떠났다. 만주국 국무원 경제부에 몸을 담았다.

1940년_29세 만주의 신경에서 지냈다. 집을 얻느라고 고생을 했다고 전해진다. 12월 『조광』에 러시아계 만주 작가 N. 바이코프의 「밀림유정」을 번역했다.

1942년_31세 안동세관에서 세무공무원 생활을 했다.

1945년_34세 해방 후 신의주를 거쳐 고향 정주로 돌아왔다.

1946년_35세 고당 조만식 선생의 일을 도우며 지냈다.

1947년_36세 문학예술총동맹 제4차 중앙위원회의 개편된 조직에서 시분과가 아닌, 외국문학분과원에 올라와 있다. 러시아 작가 시모노프의 『낮과 밤』, 숄로호프의 『그들은 조국을 위해 싸웠다』를 번역 출간했다.

1948년_37세 파데예프의 『청년근대위』를 번역했다.

1949년_38세 숄로호프의 『고요한 돈강 1』을 번역했고, 이사코프스키의 시집을 번역하여 출판했다.

1950년_39세 『고요한 돈강2』를 번역했다.

1953년_42세 파블렌코의 『행복』을 번역 출간했다.

1956년_45세 「동화문학의 발전을 위하여」를 비롯한 일련의 아동문학에 관한 글을 발표하기 시작했다.

1957년_46세 동화시집 『집게네 네 형제』를 출간했고, 『아동문학』 4월호에 「멧돼지」외 동시 3편을 발표하여 아동문학 논쟁을 촉발시켰다. 「아동문학의 협소화를 반대하는 위치에서」를 발표하며 본격적인 아동문학 논쟁에 참여했다. 평양신문 7월 19일자에 「감자」 등의 시를 발표했다.

1958년_47세 문학신문 5월 22일자에 시 「제3인공위성」을 발표했다. 8월에 「사회주의적 도덕에 대한 단상」을 발표, 부르주아 잔재에 대한 비판에 제기되면서 활동이 위축되었다.

1959년_48세 양강도 삼수군 관평리에 있는 국영협동조합으로 내려가 양치기 일을 했다고 알려졌다. 이 무렵 그는 그동안 발표하지 않았던 시를 쓰기 시작했다. 『조선문학』 6월호에 「공무려인숙」 「공동식당」 「갓나물」 등의 시를 발표했다.

1962년_51세 시작 활동을 하다가, 북한 문화계 전반이 복고주의에 대한 비판 경향이 강화되어 이에 일체의 창작활동을 중단했다.

1995년_84세 1월 사망한 것으로 추정된다.

찾아보기

가무래기의 락 143
가즈랑집 80
가키사키의 바다 117
개 161
고방 91
고사 _함주시초 3 61
고성가도 _남행시초 3 56
고야 85
고향 37
광원 112
구장로 _서행시초 1 67
국수 168
귀농 42
꼴두기 _물닭의 소리 6 141
나와 나타샤와 흰 당나귀 12
남신의주 유동 박시봉방 17
남향 _물닭의 소리 4 139
내가 생각하는 것은 29
내가 이렇게 외면하고 16
넘언집 범 같은 노큰마니 22

노루 107
노루 _함주시초 2 59
대산동 _물닭의 소리 3 137
동뇨부 152
두보나 이백같이 39
마을은 맨천 구신이 돼서 154
머루밤 98
멧새 소리 144
모닥불 76
목구 174
물계리 _물닭의 소리 2 136
미명계 110
바다 14
박각시 오는 저녁 145
백화 _산중음 4 149
북관 _함주시초 1 58
북방에서 _정현웅에게 31
북신 _서행시초 2 69
비 106
산 126

산곡 _함주시초5 65
산비 96
산숙 _산중음1 146
삼방 121
삼천포 _남행시초4 57
삼호 _물닭의 소리1 135
석양 128
선우사 _함주시초4 63
성외 111
수라 115
수박씨, 호박씨 162
쓸쓸한 길 97
안동 130
야반 _산중음3 148
야우소회 _물닭의 소리5 140
여승 113
여우난골 120
여우난골족 77
연자간 156
오금덩이라는 곳 108
오리 158
우리 망아지 토끼 89
외갓집 20
월림장 _서행시초4 72

이두국주가도 167
적경 93
적막강산 124
절간의 소 이야기 105
절망 42
정문촌 119
정주성 94
조당에서 47
주막 84
창원도 _남행시초1 54
창의문외 118
청시 122
초동일 99
촌에서 온 아이 171
추야일경 132
추일산조 95
칠월 백중 176
탕약 166
통영 26, 104
통영 _남행시초2 55
팔원 _서행시초3 70
하답 100
함남도안 133
향악 _산중음2 147

허준 34

황일 164

흰 바람벽이 있어 50

흰밤 101

나와 나타샤와 흰 당나귀

초판 1쇄 발행 2005년 4월 9일
초판 13쇄 발행 2009년 10월 25일
개정판 21쇄 발행 2025년 2월 20일

지은이 백석
펴낸이 김선식

부사장 김은영
콘텐츠사업2본부장 박현미
콘텐츠사업7팀장 임경섭 **콘텐츠사업6팀** 정지혜, 곽수빈, 조용우, 이한민, 이현진
마케팅1팀 박태준, 권오권, 오서영, 문서희
미디어홍보본부장 정명찬 **브랜드홍보팀** 오수미, 서가을, 김은지, 이소영, 박장미, 박주현
채널홍보팀 김민정, 정세림, 고나연, 변승주, 홍수경
영상홍보팀 이수인, 염아라, 석찬미, 김혜원, 이지연
편집관리팀 조세현, 김호주, 백설희 **저작권팀** 성민경, 이슬, 윤제희
재무관리팀 하미선, 임혜정, 이슬기, 김주영, 오지수
인사총무팀 강미숙, 이정환, 김혜진, 황종원
제작관리팀 이소현, 김소영, 김진경, 이지우
물류관리팀 김형기, 김선진, 주정훈, 양문현, 채원석, 박재연, 이준희, 이민운

펴낸곳 다산북스 **출판등록** 2005년 12월 23일 제313-2005-00277호
주소 경기도 파주시 회동길 490
전화 02-704-1724 **팩스** 02-703-2219 **이메일** dasanbooks@dasanbooks.com
홈페이지 www.dasan.group **블로그** blog.naver.com/dasan_books
용지 스마일몬스터 **인쇄 및 제본** 상지사피앤비

ISBN 979-11-306-0136-6 (03810)

• 책값은 뒤표지에 있습니다.
• 파본은 구입하신 서점에서 교환해드립니다.
• 이 책은 저작권법에 의하여 보호를 받는 저작물이므로 무단 전재와 복제를 금합니다.
• 이 도서의 국립중앙도서관 출판시도서목록(CIP)은 서지정보유통지원시스템 홈페이지(http://seoji.nl.go.kr)와
 국가자료공동목록시스템(http://www.nl.go.kr/kolisnet)에서 이용하실 수 있습니다. (CIP제어번호 : CIP2014005725)

다산북스(DASANBOOKS)는 독자 여러분의 책에 관한 아이디어와 원고 투고를 기쁜 마음으로 기다리고 있습니다.
책 출간을 원하는 아이디어가 있으신 분은 다산콘텐츠그룹 홈페이지 '투고원고'란으로 간단한 개요와 취지, 연락처 등을
보내주세요. 머뭇거리지 말고 문을 두드리세요.